유리방패

도서출판 아시아에서는 《바이링궐 에디션 한국 대표 소설》을 기획하여 한국의 우수한 문학을 주제별로 엄선해 국내외 독자들에게 소개합니다. 이 기획은 국내외 우수한 번역가들이 참여하여 원작의 품격을 최대한 살렸습니다. 문학을 통해 아시아의 정체성과 가치를 살피는 데 주력해 온 도서출판 아시아는 한국인의 삶을 넓고 깊게 이해하는 데 이 기획이 기여하기를 기대합니다.

Asia Publishers presents some of the very best modern Korean literature to readers worldwide through its new Korean literature series 〈Bilingual Edition Modern Korean Literature〉. We are proud and happy to offer it in the most authoritative translation by renowned translators of Korean literature. We hope that this series helps to build solid bridges between citizens of the world and Koreans through a rich in-depth understanding of Korea.

바이링궐 에디션 한국 대표 소설 **059**

Bi-lingual Edition Modern Korean Literature 059

# The Glass Shield

# 김중혁
## 유리방패

# Kim Jung-hyuk

ASIA
PUBLISHERS

Contents

# 유리방패

## The Glass Shield

우리는 지하철 의자에 앉아서 헝클어진 실뭉치를 풀었다. 간단한 일이다. 실의 한쪽 끝을 잡고 차근차근 매듭을 풀기만 하면 된다. 꼬여 있는 부분을 찾아낸 다음 그 속으로 실 끝을 통과시키면 매듭은 쉽게 풀린다. 우리는 각자 실뭉치 하나씩을 들고 덜컹거리는 지하철의 리듬에 맞추어 손끝에다 모든 감각을 모았다.

지하철 안에는 사람들이 거의 없었기 때문에 작업은 순조롭게 진행됐다. 가끔 눈을 흘깃거리며 우리를 수상하게 보는 사람도 있었지만 수상할 이유는 전혀 없었다. 실로는 지하철을 폭파시킬 수도 없고 불을 지를 수도 없으며 사람을 죽일 수도 없다. 실은 그냥 실일 뿐이

We sat in the subway unraveling tangled balls of yarn. The work was simple. All we had to do was catch one end of the yarn and carefully loosen the kinks; look for the tangled bit, pass the yarn through, and the kink untangled easily. We each had a ball of yarn in our hands. We concentrated all sensation in our finger tips, working in rhythm with the rattling subway car.

There were very few people on the subway, so our yarn operation went ahead smoothly. One or two stole suspicious glances at us, but there really was no need for suspicion. You couldn't blow up the subway with yarn; nor could you set a fire or kill someone with yarn. Yarn was just yarn. If the

다. 열심히 매듭을 풀어보라고 파도타기 응원을 했으면
했지, 못 하게 말릴 일은 아니었다. 우리는 실뭉치에서
풀려나온 실을 길게 뻗은 지하철 의자 위에다 늘어놓았
다. 풀어진 실이 늘어나면서 우리 사이의 간격은 더욱
넓어졌다. 녹색 의자 위에 파란색과 빨간색 실이 쌓여
갔다.

"이게 뭐야. 너무 쉽잖아. 아까는 왜 이렇게 안 됐을
까?"

부피가 반으로 줄어든 파란색 실뭉치를 들고 M이 물
었다.

"우리가 그렇지 뭐. 중요한 순간에 모든 걸 망치는 게
우리 특기잖아."

나는 빨간색 실의 매듭을 풀면서 힘없는 목소리로 대
꾸했다. M과 나는 두 시간 전에 서른 번째 입사시험의
면접을 봤다. 오늘 역시 면접관으로부터 '됐으니까 그만
나가보세요'라는 얘기를 들었다.

"이력서 특기 항목에다 그걸 적지 그랬어. 중요한 순
간에 모든 걸 망치기. 불쌍해서 합격시켜줄지도 모르잖
아."

"너는 취미란에다 친구 비아냥거리기라고 적지 그랬

crowd did the *wave* in support of our efforts to unravel the kinks, that would be great, but there was no reason to stop us doing what we were doing. We stretched the unraveled yarn along the subway seats. As the yarn grew in length, the distance between us increased. Blue and red yarn heaped up on the green seats.

"This is too easy," M said. Why didn't it work earlier?"

M's ball of blue yarn was reduced to half its original size.

"That's us," I answered weakly as I unraveled the red yarn. "Screwing things up is what we do best."

Two hours ago M and I had taken our thirtieth job interview. At the end of it the panel gave us the standard "That's all right, you can go now."

"Screwing everything up," M repeated. "Why didn't you put that in our CVs? Under special skills maybe? They might take pity on us and give us the jobs."

"Did you list slagging your friends under hobbies?"

As we talked we kept our eyes trained on the balls of yarn. It was a miserable morning and our situation was grim. We shut up and concentrated

냐?"

우리는 실뭉치에다 시선을 고정한 채 이런 얘기들을 주고받았다. 형편없는 오전이었고, 시시한 신세였다. 우리는 입을 잠그고 다시 실 풀기에 몰두했다.

"이거 순환선인가?"

"그럴걸."

"어쩐지 어지럽더라."

"순환선이라 그런 게 아니고 실타래를 너무 오래 들여다봐서 어지러운 거야. 좀 쉬자."

눈을 들어 창밖을 바라보았을 때 갑자기 지상의 풍경이 나타났다. 우리가 실타래에서 눈을 떼길 기다렸다는 듯 지하철이 덜컹거리며 지상으로 올라갔다. 환한 빛과 함께 낮은 건물들과 수많은 간판들이 콜라주 그림처럼 펼쳐졌다. 하나의 풍경이라기보다는 누군가 이어붙인 듯한 그림이었다. 우리는 지하철이 다시 지하로 내려가길 기다리면서 창밖을 바라보았다. 팽팽하게 당겨진 전깃줄이 지하철의 방향을 안내했다. 지하철은 계속 지상을 달렸다. 지하철 맨 뒤칸에 앉은 덕분에 창문 가까이로 얼굴을 들이밀면 몸을 뒤틀면서 곡선을 질주하는 지하철의 옆모습이 보였다. 순환선이라는 게 실감났다.

on unraveling the yarn.

"Is this the circle line?"

"I think so."

"Maybe that's why I'm a bit dizzy."

"It's not the circle line that has you dizzy, it's looking at the ball of yarn for too long. We need a rest."

I looked out the window and saw that we were above ground again. It was almost as if the subway had waited for us to take our eyes off the yarn before clanking its way above ground. Bright lights and small buildings and a myriad signboards opened like a collage in front of us. Not so much a landscape as a series of paintings stuck together. We looked out the window as we waited for the train to go below ground again. Tightly stretched electric lines showed the way. The subway stayed over ground. We were in the last car, so if we stuck our noses to the glass and contorted our bodies, we could see the curve the front of the train was running. This made the circle line idea come to life. Two stations later, the front of the train dipped and disappeared underground. The scene topside went with it. The window became a mirror, reflecting the two of us instead of the scene

두 곳의 역을 지난 후 지하철이 앞쪽으로 기울더니 창
밖의 풍경들이 사라졌다. 창문이 거울로 바뀌었고, 풍
경 대신 우리 두 사람의 모습이 보였다. 우리는 다시 실
타래를 풀었다.

두 시간 전 면접관들의 웃음소리를 생각하자 얼굴이
화끈거렸다. M과 나는 언제나 입사시험을 함께 치렀다.
같은 회사에서 근무하고 싶다는 생각이 큰 탓도 있지만
혼자서 시험을 친다는 게 불가능하게 여겨질 정도로 M
과 나는 분리될 수 없는 사이였다. 우리는 동전의 앞면
과 뒷면이거나 한 사람의 앞모습과 뒷모습이었다. M이
사라지면 나는 두께가 없는 종잇장처럼 변해버려서 혼
자 서 있을 수조차 없을 것이다. 나 역시 M에게 그런 존
재라고 생각한다. 우리는 서른 번의 입사시험을 함께
치렀다. 백전백패. 승률은 제로였지만 혼자서 시험을
쳐야겠다는 생각은 한 번도 들지 않았다.

우리는 면접시험도 함께 치렀다. 함께 치른 정도가 아
니라 언제나 면접실에 함께 들어갔다. 동성애자가 아니
냐는 질문을 받기도 했고, 신입사원은 한 명만 뽑을 거
라는 답변을 하는 회사도 있었다. 그래도 우리는 막무
가내였다. 함께 면접을 봐야 우리의 진가를 보여줄 수

above. We began to unravel the yarn again.

I flushed when I thought of the laughter of the interview board two hours ago. M and I always took company recruitment exams together. We wanted to work in the same company. That was part of it. But the heart of the matter was that M and I couldn't take an exam on our own. We were inseparable, two sides of a coin, front and back of a single person. Without M, I was a page of paper so thin I couldn't stand on my own. And I believe I meant the same to M. We took thirty company entrance exams together. A hundred games, a hundred losses. Our win ratio was zero, but we never once entertained the thought of taking an exam on our own.

We also took the interviews together. We even went into the interview room together. We were once asked if we were homosexual. Some companies said they only wanted one new recruit. Still we were obdurate. We insisted we had to do the interview together so that we could show our true worth, and we drove the personnel managers crazy in the process. Some companies refused our demands, but more often than not the personnel man just said 'as you wish.'

있다면서 인사담당자를 들볶았다. 가끔은 우리의 요구를 들어주지 않는 회사도 있었지만 '마음대로 하세요'라고 하는 담당자가 더 많았다.

우리는 '면접시험의 역사를 새롭게 쓰자'라는 포부를 가슴에 품고 새로운 형식의 면접을 시도했지만 면접관들의 반응은 냉담했다. 새로운 레퍼토리를 만든 만담 듀엣의 심정으로 면접관들의 마음을 사로잡으려고 했지만 시간도 채우지 못하고 쫓겨나는 경우가 더 많았다. 이유는 알 수 없었다. 한번은 쫓겨나는 도중에 인사담당자에게 탈락 이유를 물어본 적이 있었다. 인사담당자는 우리 얼굴을 번갈아 보더니 "개그맨 시험이나 한번 쳐보세요"라며 등을 떠밀었다. "일단 재미는 있다는 거네?"라며 M이 웃었다.

인터넷 기획회사의 면접을 볼 때는 둘이서 만담을 했고―면접관들은 한 번도 웃어주지 않았다―애니메이션 제작회사의 면접을 볼 때는 어설픈 마술쇼를 하기도 했으며―M이 소품으로 준비해둔 손수건에 불을 잘못 붙이는 바람에 천장에 붙어 있던 스프링클러가 작동됐다―영어교재회사의 영업직 사원 면접시험 때는 지하철에서 물건을 파는 행상의 모습을 재연하기도 했다.

We tried out new approaches, in the belief that we could rewrite the history of interviewing, but we found the interview boards rather cool to us. We tried to impress them with our repertory of tandem jokes, but very often they threw us out before our time was up. We couldn't understand why. Once when we were being thrown out, we asked the personnel manager why we were being failed. He looked at each of us in turn.

"Try a gagman exam," he said and pushed us out.

"Well, at least it's fun," M said with a laugh.

We did a gag routine in an interview for an internet management company—we didn't even raise a laugh from the panel. In an interview for an animation production company, we tried a clumsy magic show. M set off the sprinkler system in the ceiling when he was trying to light a handkerchief he had prepared as a prop. We did a parody of peddlers selling their goods in the subway in an interview for management personnel in an English textbook company. The peddler piece got the best response. We used outrageous English back and forth between us to advertise the English textbook. One man on the interview panel laughed so hard he fell off his chair. When the personnel manager

그나마 가장 반응이 좋았던 것이 지하철 행상 재연이었다. 우리는 말도 안 되는 영어를 써가면서 영어교재 광고를 했는데, 면접관 한 명은 너무 심하게 웃다가 의자에서 굴러떨어지기도 했다. 그런데 말이죠, 저희가 만드는 책은 지하철에서 파는 것 같은 엉터리 교재가 아니랍니다, 라는 것이 인사담당자가 밝힌 탈락 이유였다. 우리는 면접 준비의 첫 번째 원칙을 잊고 있었다. 무엇보다도 회사에 대해 공부해둘 것. 우리는 열심히 면접을 준비했지만 영어교재를 파는 회사라는 사실만 알았을 뿐 어느 정도 수준의 책을 파는지에 대해서는 생각해보지도 않았던 것이다.

어제의 면접 준비 회의는 나름대로 철두철미했다. 우리는 저녁을 먹으면서 회사 홈페이지에서 다운받은 자료를 읽고 또 읽었다. 컴퓨터게임 회사였고, 게임 기획자와 게임 테스터를 구하는 중이었다. 응모자격란에는 '기초적인 프로그래밍이 가능하신 분, 새로운 아이디어가 넘쳐나는 분, 상상력이 뛰어나신 분, 모든 게임에 자신 있는 분, 게임 하나를 시작하면 끝장을 보는 분'이라고 적혀 있었다. 응모자격에 해당되는 것은 단 하나도 없었지만 매일 게임을 할 수 있다는 생각에 입사지원서

was explaining why we failed, he said, "You know, our book is not the kind of sham text that's sold on the subway." We had forgotten the first rule of interview preparation. You've got to research the company. We prepared diligently, but all we knew about the company was that it sold English textbooks. We never gave a thought to the quality of the texts the company was selling.

Our preparation for yesterday's interview was thorough by our standards. Over supper, we read and reread the company materials we had downloaded. It was a computer game company, and they were looking for recruits in concept planning and testing. In addition to having the basics of programming, applicants needed to be bursting with ideas, to have outstanding imagination, confidence in all game situations, and the grit to finish any game they started. We didn't have any of these qualifications, but we sent in our applications anyway in the belief that we could always play games.

"Don't you think we have some imagination?" M asked.

"Of course we have," I said, "and lots of ideas too."

We didn't know if our imaginations were the kind

를 써냈다.

"그래도 우리가 상상력은 좀 되는 편 아닌가?"

M이 물었다.

"그렇지. 아이디어도 많은 편이고……."

내가 대답했다. 우리가 생각하는 상상력과 회사에서 원하는 상상력이 비슷한 것인지는 알 수 없었지만, 지금까지 입사지원서를 냈던 회사 중에서는 우리의 적성에 제일 어울리는 곳이라는 생각이 들었다.

"그런데 상상력을 어떻게 보여주지? 마술쇼나 한번 더 해볼까?"

"됐다. 회사 다 태울 일 있냐? 우린 허를 찌르는 거야. 상상력하고 전혀 상관없는 면접을 준비해서 뒤통수를 치는 거지. 그게 오히려 점수를 더 딸 수 있을 거야. 다른 애들하고는 반대로 접근하는 거지."

"어떻게?"

"요즘 신입사원들에게 가장 부족한 게 뭐겠어?"

"지난번에 공부한 거잖아. 인내력과 애사심."

"바로 그거야. 우린 인내력을 보여주는 거야. 컴퓨터 게임을 테스트하는 데 가장 중요한 게 바로 인내력이니까."

the company was looking for, but we felt that this company best suited our sensibilities.

"But how will we show our imaginations? Should we try the magic show again?"

"No, not that again. Do you want to set the company on fire? We'll hit their weak spot. We'll prepare an interview totally unrelated to imagination. That'll put them thinking. We'll get better scores that way. Our approach will be the direct opposite of all the other applicants."

"How do you mean?"

"What do applicants lack most?"

"We just studied that. Patience and loyalty."

"Right. We'll show them patience. There's nothing more important for computer game testers."

"So how do we do it? You mean we should do a trial of strength. Stand on hot stones for ten minutes, or something like that?"

That was the genesis of our yarn unraveling routine, which we duly performed in front of the interview board. No practice was necessary. You don't need practice to unravel a tangled ball of yarn; you need patience and determination. We prepared a few introductory remarks and went to bed early.

"그걸 어떻게 보여줘? 이번엔 차력이라도 하자는 거야? 불에 달군 돌덩이 위에서 10분 버티기, 뭐 그런 거?"

면접관 앞에서 실뭉치를 푸는 이벤트는 그렇게 해서 시작된 것이다. 연습도 필요 없었다. 헝클어진 실뭉치를 푸는 일은 연습으로 되는 일이 아니다. 끈기와 인내로만 가능한 일이다. 우리는 대사 몇 마디만 준비하고 일찍 잠자리에 들었다.

"저희들을 소개하는 대신 한 가지 보여드릴 게 있습니다. 컴퓨터게임을 테스트하는 일은, 엉킨 실뭉치를 차근차근 풀어나가는 것과 마찬가지라는 생각이 듭니다. 한 단계 한 단계, 참을성 있게 실을 풀어나가면 언젠가는 모든 매듭을 풀 수 있다는 것을 보여드리겠습니다."

내가 생각해도 멋진 대사였다. 면접관들의 반응도 좋았다. 우리가 파란색 실뭉치와 빨간색 실뭉치를 종이가방에서 꺼낼 때 어디선가 낮은 탄성이 들리기도 했다. 하지만 문제가 있었다. 대기실에서 실뭉치를 너무 헝클어놓았다. 그리고 우리가 사온 실뭉치는 너무 컸다. 1분도 지나지 않아 우리들 이마에는 땀이 맺혔다. 3분이 흐른 뒤에도 상황은 나아지질 않았다. 5분이 흘렀을 때는

Next day.

"Gentlemen, instead of introducing ourselves, we'd like to make a little presentation. We believe that testing computer games is like unraveling a tangled ball of yarn. We'll show you how to unravel the kinks by patiently loosening the yarn step by step."

I thought we had a terrific concept. And the reaction from the interviewing panel was good. As we pulled the blue and red yarn from the paper bag, I thought I detected a stir of interest from the panel. But we had a problem. We had tangled the yarn too much in the waiting room. Beads of sweat dotted our foreheads by the end of the first minute. Three minutes later the situation was no better. After five minutes our bodies were drenched in sweat. The sweat on our hands made the yarn even more knotted. All we managed to unravel in five minutes was about a foot of yarn. M began to pull instead of unravel. I sighed. Finally, M muttered 'Ah shit' in an undertone. That finished it.

"OK, that's enough. Very good idea. But you both seem lacking in patience. Practice unraveling the yarn and apply again."

The panel laughed. I felt like throwing the balls of yarn at them, but they had done nothing wrong.

온몸이 땀으로 뒤덮였다. 손바닥에 고인 땀 때문에 실이 더 엉켜서 5분 동안 30센티미터 정도의 실밖에는 풀어내질 못했다. M은 매듭을 푸는 대신 실을 마구 잡아당겼다. 그때 내가 한숨을 쉬었다. 뒤이어 M이 낮은 목소리로 "에이, 씨"라는 소리를 냈다. 그걸로 모든 게 끝났다.

"됐습니다. 그만 하세요. 아이디어는 참 좋은데, 두 분다 참을성이 부족하신 거 같군요. 실 푸는 연습을 더 하고 다시 한번 도전해보세요."

면접관들의 웃음소리가 들렸다. 면접관들을 향해 실뭉치를 집어던지고 싶었지만 그들은 잘못한 게 없었다. 면접실 문을 열고 나왔을 때 땀에 푹 절은 우리 모습을 보고는 대기자 한 명이 "무슨 질문을 하길래 그렇게 땀을 흘려요?"라고 물었다. 그 녀석 얼굴도 한 대 쳐주고 싶었지만 잘못한 게 없는 놈이었다. 문제는 우리였다.

"아까 네가 한숨을 쉬지 않았으면……."

"그래서 내 탓이라고?"

"아니, 내가 먼저 한숨을 쉬었을 거라고."

"네가 한숨을 먼저 쉬었으면 내가 에이 씨발, 했겠지."

백전백패하더라도, 우리는 그런 사이였다. 우리는 에

When we came out of the interview room, one of the applicants waiting his turn outside saw our pickled appearance and said, "What sort of questions did they ask to produce a sweat like that?" I wanted to hit him, too, but it wasn't his fault. We were the problem.

"If you hadn't sighed back there..."

"So it's my fault?"

"No, no, if you hadn't sighed, I'd have sighed first."

"If you'd sighed first, I'd have said 'Ah shit.'"

A hundred games, a hundred losses. That was us. We got on a subway with good air-conditioning. We had sweated so much, and it was so hot! When I had cooled down a bit, I thought I'd like to complete the unraveling.

It took thirty minutes to unravel the yarn completely. The volume of blue and red yarn on the subway seat seemed enormous. The sight of so much red and blue against the background of the green seat overwhelmed the onlookers. It was like an artist's painting, like the landscape of my heart. It was beautiful, I thought.

"It's pretty long."

"Fifty yards maybe. What do you think? Longer maybe. A hundred yards? More?"

어컨디셔너 시설이 잘 돼 있는 지하철을 탔다. 땀을 너무 많이 흘렸고, 너무 더웠다. 몸의 온도가 낮아지자 끝까지 실뭉치를 풀어봐야겠다는 생각이 들었다.

실타래를 풀기 시작한 지 30분 만에 우리는 모든 실을 뽑아냈다. 지하철 의자에 빨간색과 파란색 실을 풀어놓으니 그 부피가 엄청났다. 녹색 천 위에 빨간색과 파란색 실이 어지럽게 펼쳐져 있는 광경은 보는 사람을 압도했다. 화가의 그림 같기도 했고, 내 마음 속의 풍경 같기도 했다. 아름답다는 생각이 들었다.

"꽤 길겠다."

"한 50미터 될까? 아니다, 100미터는 되겠다. 더 넘나?"

"그럼 재보지 뭐. 지하철 한 량의 길이가 20미터니까 실을 들고 왔다갔다해보면 길이가 나오겠네."

"20미터인 건 어떻게 알아?"

"저기 써 있잖아. 멍충아."

나는 지하철 문 위에 붙어 있는 안내판을 가리켰다. 거기에는 지하철 한 량의 길이와 너비, 그리고 차량번호가 적혀 있었다. 혼자서 지하철을 탈 때면 멍하니 그 표를 읽곤 했다. 가끔은 차량번호를 외우기도 했다. 같

"We'll measure it. Each car is twenty yards long. If we keep going back and forward with the yarn we'll get the length."

"How do you know the car is twenty yards?"

"It's written over there, stupid!"

I pointed at the notice over the door. The length and width of the car and the car's number were written there. When I rode the subway on my own and had nothing particular to think about, I used to read that notice. Sometimes I remembered the car number. It would be nice to get on the same car on the same train. People going to work at the same time every day probably get on the same train every day, but none of them could tell you the number of the car.

There were only four other passengers in the car. No one would think it strange if we went back and forward with the yarn. M took the end of the blue yarn and got up. He took a firm grip on the yarn, moving slowly like a man walking an invisible dog. The yarn on the seat uncoiled like a snake and followed him. M got to the end of the car and twisted the yarn. But he had nothing to fix it to, so it just followed him when he began to walk back. We wouldn't get an accurate measurement this

은 지하철 같은 칸에 다시 타게 된다면 기분이 좋을 것 같았다. 매일 같은 시간에 출근하는 회사원들은 언제나 똑같은 지하철을 타겠지만, 그중에서 차량번호를 확인하는 사람은 단 한 명도 없을 것이라는 생각이 들었다.

우리가 타고 있던 칸에는 승객이 네 명뿐이었다. 실을 들고 왔다갔다하더라도 수상하게 여길 사람은 없을 것 같았다. M이 파란색 실 끝을 잡고 자리에서 일어섰다. M은 투명 강아지를 산책시키는 사람처럼 실을 꼭 붙들고 천천히 걸었다. 지하철 의자 위에 놓여 있던 실이 뱀처럼 몸을 뒤틀며 M을 따라갔다. 한쪽 끝에 다다른 M은 실을 꺾은 다음 반대쪽으로 걸었다. 하지만 실을 한쪽 끝에다 고정할 도구가 없었기 때문에 실은 계속 M을 따라왔다. 이래가지고서는 정확한 길이를 잴 수가 없다.

"자꾸 실이 따라오네. 네가 저기 가서 붙잡고 있을래?"

"반대편에선 누가 잡고 있을 건데? 아르바이트라도 한 명 쓰게? 그러지 말고 그냥 지하철 끝까지 쭉 걸어갔다가 오지 그래?"

"그러면 되겠네. 자식, 진작 말해주지."

M은 실을 쥐고 다시 걸었다. 지하철 연결 부분의 문

way.

"The yarn keeps following me. Will you stand at the other end and hold it?"

"Who'll hold it at this end then? Do you want me to hire someone part-time? Come on, just keep walking to the end of the train."

"Fine. Why didn't you say so at the beginning, bollix?"

M began walking again with the yarn. He was afraid the yarn would get caught in the doors between cars, but there was no problem. M kept walking, matching his movement to the rhythm of the car. I let the yarn out a little at a time so that it wouldn't tangle. It was like flying a kite. M was already out of sight, but I could feel him on the yarn. The blue yarn kept following him. After five minutes, I was at the end of the blue yarn. I wrapped the end of the yarn around my finger so as not to lose my grip on it. Would M know I was at the end of the ball. Suddenly the yarn tightened. More force would break it. I could feel M on the other end. Then the yarn fell to the floor.

A few minutes later the connecting door opened and M's smiling face was revealed.

"This is really fun. Everyone stared at me. Go and

틈에 실이 끼지 않을까 걱정했지만 다행히 잘 빠져나갔
다. 실 몇 가닥은 너끈히 지나갈 수 있을 정도로 헐렁한
문이었다. M은 흔들리는 지하철의 리듬에 맞춰 비틀거
리면서 앞으로 걸어갔다. 나는 실이 꼬이지 않도록 두
손으로 조금씩 실을 풀어주었다. 연을 날리는 기분이었
다. 이미 M은 내 시야에서 사라졌지만 먼 곳으로 걸어
가는 녀석을 느낄 수 있었다. 파란색 실이 계속 M을 따
라갔다. 5분쯤 지났을 때, 실 끝이 드러났다. 나는 실을
놓치지 않기 위해 끝부분을 오른쪽 검지에다 돌돌 말았
다. 더 이상 실이 없다는 사실을 M이 알 수 있을까. 순
간, 팽팽하게 실이 당겨졌다. 조금이라도 힘을 가하면
끊어질 것 같았다. 반대편 실 끝에 있는 녀석의 힘이 느
껴졌다. 실이 다시 바닥으로 떨어졌다.

몇 분 후 M이 통로문을 열어젖히며 나타났을 때 얼굴
에는 웃음이 가득했다.

"야, 이거 정말 재미있다. 실 들고 가는데 사람들이 다
쳐다봐. 너도 한번 갔다 와봐. 사람들 표정이 희한하게
바뀐다니까."

"길이는 제대로 쟀어? 몇 번째 칸까지 갔는데?"

"몰라. 처음에는 세면서 걸어갔는데 사람들이 하도 쳐

see for yourself. The expression on the faces is priceless."

"Did you get the measurement? How far did you go?"

"At first I counted the cars, but with everyone looking at me I forgot the count. The length doesn't matter anyway. If you don't want to go, I'll go again?"

Before I had time to reply M had the yarn in his hand again. I couldn't figure out where all the fun was, but if it was enough to get M this excited, then I couldn't afford to miss it. I took the end of the yarn from him. Disappointment was written across his face, but for my sake he was willing to let the yarn go. Just as I took the red yarn in my hand the connecting door opened and the porter came in.

"Is this your yarn?" he asked. He had the ball of blue yarn in his hand. What had taken us thirty minutes to unravel, the porter in one sweep had returned to its original tangled state. I had the red yarn in my hand, and red yarn was coiled on the seat. There was no way out of it.

"Yes, it's mine. Is there a problem?"

"There's been a report of a suspicious man in a

다 보는 통에 잊어먹었지. 길이가 문제가 아니라니까. 너 안 갈 거면 내가 한번 더 갔다 올까?"

대답할 시간도 주지 않고 M은 빨간색 실을 집어들었다. 도대체 뭐가 재미있다는 것인지 알 수 없었지만, 만약 그게 흥분할 정도로 재미있는 일이라면 안 해볼 수 없었다. 나는 M에게서 실 끝을 빼앗아들었다. M의 얼굴에는 실망한 기색이 역력했지만 나를 위해 순순히 실을 넘겨주었다. 빨간색 실을 들고 자리에서 일어서는 순간 통로문으로 역무원이 들어왔다.

"이 실 아저씨 거예요?"

역무원의 손에는 파란색 실뭉치가 들려 있었다. 우리가 30분 동안 풀어낸 실을, 역무원은 순식간에 원상태로 되돌려놓았다. 내 손에는 빨간색 실이 들려 있었다. 지하철 의자에는 빨간색 실이 가득 쌓여 있었다. 발뺌할 수는 없었다.

"네, 그런데요."

"신고가 들어왔습니다. 양복을 입은 수상한 남자가 폭탄을 설치하는 것 같다고요."

"폭탄이요?"

나도 모르게 목소리가 커졌다. 누군가 파란색 실을 폭

suit setting a bomb."

"A bomb?"

I didn't realize my voice had risen. Someone thought the blue yarn was a bomb fuse. Clearly someone somewhere was using colorful bomb fuses.

"What's the yarn doing on the ground? Have you set a bomb?"

"Ah please, sir, you're not accusing me of setting a bomb. Would I set a bomb?"

"And why isn't it going off? M interjected. "Isn't it about time it exploded?"

The porter looked at each of us in turn. Two men dressed in suits with a ball of red and a ball of blue yarn was not a common sight. M kept giggling.

"I'm afraid you'll have to come with me."

The porter grabbed the red yarn on the seat, went through all the newspapers on the luggage rack and examined every corner of the seat. The porter knew there couldn't be a bomb. Anyone could see we didn't have bomb faces. I don't mean that a bomber is a separate entity, it's just that someone who's going to blow up the world would have a different light in his eyes. Our eyes said

약의 도화선이라고 생각한 모양이다. 지구 어딘가에는 컬러풀한 폭탄 도화선을 이용하는 사람도 분명히 있을 것이다.

"바닥에다 이 실을 왜 까신 겁니까? 폭탄 설치하신 거 아닙니까?"

"아이고 아저씨. 폭탄 설치한 사람이, 네, 제가 폭탄 설치했어요, 그러겠어요? 그나저나 왜 안 터지는 거냐? 곧 터질 때가 됐는데……."

앉아 있던 M이 대화에 끼어들면서 말했다. 역무원은 우리를 번갈아가며 쳐다보았다. 양복을 입은 두 남자와 파란색과 빨간색 실뭉치. 흔히 볼 수 있는 풍경은 아니었다. M은 계속 웃고 있었다.

"아무래도 같이 좀 가셔야겠는데요."

역무원은 지하철 의자 위에 놓여 있던 빨간색 실을 헝클어 쥐더니 선반 위에 있던 신문들을 모두 헤집고 의자 구석구석을 살펴보았다. 폭탄 같은 게 있을 리 없다는 사실을 역무원도 알 것이다. 누가 보아도 우리의 표정과 폭탄은 어울리지 않는다. 폭탄을 설치할 만한 사람이 따로 있는 것은 아니지만, '폭탄으로 세상을 다 날려버리겠어!'라는 마음을 먹은 사람은 눈빛부터라도

firecracker rather than bomb. The passengers moved to the next car when they heard the bomb talk.

"I'm sorry," I said quietly to the porter. "The truth is we're in the art business." The porter turned his head and looked at me. It was as if he were hearing the word 'art' for the first time in his life. And I felt as if I were saying the art word for the first time in my life.

"What do you mean *art?*" The porter and M looked at me at the same time.

"Don't you know what art is?" I asked.

"Is setting a bomb art?" he said.

"There's no bomb," I said. "My friend over there has an acute sense of fun. It's obvious if you look at the yarn. It's not a fuse or anything like that, it's just an ordinary bit of yarn. We're just ordinary people stuck in the daily grind, creating a special experience; you could call it a performance, or an event. We're into art."

"You're telling me that laying yarn on the floor is art?"

"You could call it an event that links the splintered heart of mankind to the yarn image. What better space than the subway to represent modern

다를 것이다. 우리의 눈빛은 폭탄보다 폭죽에 가깝다.
같은 칸에 있던 승객들은 폭탄이라는 얘기를 듣더니 모
두 옆 칸으로 옮겨갔다.

"죄송합니다. 사실은 저희가 예술을 좀 하고 있었거든
요."

나는 역무원에게 조용한 목소리로 말했다. 역무원이
고개를 돌려 나를 봤다. 마치 태어난 이래로 '예술'이라
는 단어를 처음 듣는 듯한 표정이었다. 그러고 보니 나
역시 태어나서 처음으로 '예술'이라는 단어를 발음한 기
분이었다.

"예술이라뇨?"

역무원과 M이 동시에 나를 쳐다보았다.

"예술 모르십니까?"

"폭탄 설치가 예술입니까?"

"폭탄 같은 건 없어요. 저 친구가 장난이 좀 심해서
……. 그 실을 보면 아시잖아요. 도화선 같은 게 아니고
그냥 보통 실이에요. 저희는 그저 일상에 찌들어 있는
평범한 사람들이 독특한 경험을 하게 만드는, 그런 퍼
포먼스랄까, 이벤트랄까, 아무튼 그런 예술을 하는 사
람들입니다."

life?"

M kept giggling, but the porter listened attentively to what I was saying. He hesitated, unsure what he ought to say. His attitude had softened considerably, perhaps because of the impact of the art word or perhaps because I was so respectful in my bearing.

"I understand what you're saying," the porter said, "but you can't do that on the subway."

"Can't do what?" I asked.

"Art things," he said.

"Ah art!" I said. "OK, I understand."

"This is a public space. You'll appreciate that you can never tell what's going to happen next in a public space."

"Ah yes, I'm sorry. We'll find somewhere else."

"I'll have to confiscate the yarn. Will you show me your identity cards? I need to record some details."

The porter checked our ID cards and moved to another car. We got off at the next station. We had never seen the station before, and we had no idea what part of the city it was in, but that didn't matter. We were afraid the porter would come back and say he'd changed his mind and we'd have to go with him.

"지하철 바닥에다 실을 깔아놓는 게 예술이라는 얘깁니까?"

"조각나 있는 현대인의 마음을 하나의 실로 이어주고 싶다는 메시지가 담긴 이벤트라고 할 수 있지요. 현대인의 삶을 가장 잘 반영해주는 공간이 지하철이잖습니까."

M은 옆에서 계속 키득거리고 있었지만 역무원은 진지하게 내 얘기를 들었다. 역무원은 무슨 얘기를 해야 할지 망설이고 있는 것 같았다. '예술'이라는 단어를 들었기 때문인지, 내 태도가 너무나 예의바르게 보였기 때문인지 역무원의 태도는 많이 수그러들었다.

"무슨 얘긴지 알겠습니다만, 지하철에서는 그런 걸 하시면 안 됩니다."

"그런 거라뇨?"

"예술 같은 거 말입니다."

"아, 예, 예술요. 알겠습니다."

"여기는 공공장소입니다. 무슨 일이 일어날지 모르는 곳이잖습니까."

"예, 다른 곳을 찾아볼게요. 죄송하게 됐습니다."

"이 실들은 제가 압수하겠습니다. 잠깐 주민등록증 좀

"Art my ass!" M cried. "You didn't get to do any art. I was the only one got to do the art. What a pity!" M was giggling again.

And truth to tell, I did have a sense of missed opportunity. This may be seen as a casual remark, but I was genuinely curious about the reaction of passengers when they saw me taking the yarn through the cars. For folks stuck in humdrum daily routines, it could be a special experience.

"One man told me he thought my pants were un-raveling. Maybe I should have bared my ass? There was a guy taking photographs too. It was fantastic fun. Such a special experience for me..."

We rode the bus until we were nearly home. We got off the bus and went into a beer hall. Our suits stank; we had sweated so much. As we drank the beer, a yarn like liquid infused itself throughout our bodies. Eyes closed and feeling the beer, I figured I could calculate the length of my body.

We discussed our next interview. We had an in-terview tomorrow with a company making electri-cal kitchen appliances. The more I talked with M and the more interviews we did, the more it seemed that we were evaluating the companies rather than the companies evaluating us. We had

보여주시겠습니까? 아무래도 기록은 좀 해둬야겠네요."

역무원은 우리의 주민등록증을 확인하고는 다른 칸으로 옮겨갔다. 지하철이 역에 도착했을 때 우리는 내렸다. 처음 보는 역이었고 어느 지역에 붙어 있는 역인지도 몰랐지만 상관없었다. 역무원이 다시 돌아와, 마음이 바뀌었어요, 같이 좀 가셔야겠어요, 라고 말할 것 같았다.

"야, 웃긴다, 예술이라니. 아쉬워서 어떡하냐? 넌 예술도 못 해보고, 나만 신나게 예술 해서?"

M이 다시 키득거렸다. 아닌 게 아니라 좀 아쉽다는 생각이 들기도 했다. 아무 생각 없이 한 말이었지만 실을 끌고 가는 모습을 보고 사람들이 어떤 반응을 보이는지가 궁금했다. 정말 평범한 일상에 찌든 사람들에게 독특한 경험이 됐을지도 모르겠다는 생각이 들었다.

"내 바지 올이 풀린 줄 알고 얘기해주는 사람도 있더라니까. 엉덩이라도 보여줄 걸 그랬나? 사진을 찍는 사람도 있었어. 얼마나 웃기던지, 혼자서 얼마나 키득거렸다고……."

우리는 집 근처까지 버스를 타고 와서 맥주 집에 들

developed a basic principle that would not allow us to take a job in a company that didn't accept our unique interviewing style. We were the losers, of course, but the loss seemed inevitable. We had started this way and we had to see it through.

"Why don't we cook something for the interview?" M suggested, his face already red from the beer. He must have swallowed red yarn.

"Feed the interview board some shitty dish and then say, 'Now we see the necessity of a kitchen scales!' Is that what you mean?"

"What a brain! What insight!"

"We'll fail anyway. Maybe we should throw in some diarrhea pills?"

"And if they say thank you for helping us lose weight and give us the jobs, what then?"

"It will mean a life selling kitchen scales."

"I wouldn't like that."

"So why did you apply for the job?"

"I thought we could use the scales for a fun interview."

"That's what I thought. The bottom line is we'll never get a job. We're twenty-seven already."

"Twenty-seven? Is that all we are? We'll get something eventually."

어갔다. 어찌나 땀을 많이 흘렸던지 양복에서는 비릿한 냄새가 났다. 맥주를 들이켜자 실 같은 액체가 온몸 곳곳으로 스며들었다. 눈을 감고 맥주를 느끼면 내 몸의 길이를 알아낼 수 있을 것 같았다.

우리는 다음 면접에 대해서 얘기를 나누었다. 이틀 후에는 주방용 전자저울을 만드는 회사에서 면접을 보기로 되어 있다. M과 얘기를 나누면 나눌수록 그리고 면접 횟수가 늘어날수록, 회사가 우리를 평가하는 게 아니라 우리가 회사를 평가하고 있다는 생각이 들었다. 우리의 재미있는 면접 스타일을 이해해주지 않는 회사에는 절대 들어갈 수 없다는 원칙이라도 생긴 것 같았다. 결국 손해 볼 사람은 우리였지만 손해 본다고 하더라도 어쩔 수 없는 상황이었다. 시작했으니 끝까지 가보는 수밖에 없었다.

"요리를 하나 만들어서 가면 어때?"

맥주를 연거푸 마시고 얼굴이 발갛게 달아오른 M이 말했다. 빨간색 실을 삼킨 것 같았다.

"엉터리 요리를 만들어서 면접관들에게 먹인 다음 '이번에 주방용 저울의 필요성을 실감하게 됐습니다'라고 하자는 거지?"

"What'll we get? Is there anything we do well?"

M grew sullen. We drank in silence. Every beer we drank, we put the price of it on the left hand side of the table. The money on the right kept moving to the left. We hoped to get drunk before the money was all gone, but we couldn't get drunk as long as we kept watching the money. We were still clear-headed.

"Four beers left."

"Why can't we get drunk?"

"Let's put the next one down the hatch."

We took the beers in our hands and gulped them down. We belched, we were dizzy, we were drunk. When the money was spent, we went home.

When I woke from the booze next day, I had a ring of pain wrapped like Saturn's rings around the general area of my head. The ring turned in a circle pressing down relentlessly on my head. M seemed in a similar state. We had a bowl of *jjamppong* Chinese vegetables but just ate the soup part. Looking at the *jjamppong* I recalled yesterday's interview. The noodles like the yarn offended the eye. We put the bowl outside the door, lay down again and looked at the ceiling. We had nothing to say. We had to prepare for tomorrow's interview, but we

"자식, 눈치 하나는 진짜 빨라."

"어차피 떨어질 게 뻔하니까 설사약이라도 좀 집어넣을까?"

"살 빠지게 해줘서 고맙다고 덜컥 합격시켜주면?"

"주방용 저울을 파는 인생이 되는 거지 뭐."

"그건 마음에 안 들어."

"그럼 원서는 왜 냈어?"

"주방용 저울을 이용해서 재미있는 면접을 볼 수 있을 것 같아서."

"그럴 줄 알았다. 우리 이러다 결국 취직 못 하는 거 아닐까? 벌써 스물일곱이다."

"아직 스물일곱인데…… 시간이 지나면 뭐라도 되겠지."

"뭐가 될까. 우리가 잘하는 게 있긴 있나?"

내 말에 M까지 시무룩해졌다. 우리는 아무 말도 하지 않고 계속 맥주만 들이켰다. M과 나는 가지고 있던 돈을 모두 탁자 위에 올려놓았다. 그리고 맥주를 시킬 때마다 그 가격의 돈을 탁자 왼쪽으로 옮겼다. 오른쪽에 있던 돈이 왼쪽으로 계속 이동해갔다. 돈이 다 없어지기 전까지 취해야 했지만 돈을 보면서 맥주를 마시니

were not in the mood.

The cell phone rang about three in the afternoon. The call was from a friend of ours who got a job a couple of months ago in an internet newspaper company. He was drinking with us when he got the news of his success. He was so happy he smacked a big kiss on my cheek. M sweet-talked him into drinking with us until four in the morning. Our newly employed friend, of course, paid the bill. He lost his cell phone and wallet that day, and he was left with a cut on his chin that he couldn't account for.

"You fellows were so jealous of me getting the job you hit me, right?" he grumbled, but we weren't the kind of guys that were jealous of such things. The company that had taken him on was pretty prominent, but it was also well-known for long hours and poor wages. Next day he called us out to a department store and bought us a tie each. Good luck in your interview, he was saying. He treated himself to a new suit, the latest model of cell phone and a leather wallet.

As we came out of the department store, he said, "Now I'm going to begin the exotic second half of my life."

취하질 않았다. 시간이 지나도 정신은 말짱했다.

"이제 네 잔 남았다."

"왜 이렇게 안 취할까?"

"한꺼번에 다 마셔버리자."

우리는 맥주잔을 손에 쥐고 한꺼번에 들이켰다. 다 마시고 나자 트림이 올라왔고, 어지러웠다. 그때부터 우리는 취했다. 우리는 탁자 위에 있던 돈이 다 왼쪽으로 옮겨간 후에 집으로 갔다.

다음 날 술에서 깨어났을 때는 토성의 고리처럼 내 머리 주변에 두통의 고리가 둘러져 있었다. 고리는 빙글빙글 돌면서 수시로 머리를 짓눌렀다. M 역시 나와 비슷한 상황인 것 같았다. 우리는 짬뽕 한 그릇을 배달시켜서 국물만 계속 들이켰다. 짬뽕을 보고 있으니 어제의 면접이 다시 떠올랐다. 실을 닮은 짬뽕의 면발이 눈에 거슬렸다. 우리는 그릇을 문 앞에다 내놓고 방에 드러누워서 천장만 보았다. 할 말이 없었다. 다음날 있을 면접을 준비해야 했지만 둘 다 그럴 기분이 아니었다.

오후 3시쯤 휴대전화기로 전화가 한 통 걸려왔다. 두 달 전쯤 인터넷 신문사에 입사한 친구였다. 신문사의 합격통지를 받았을 때 녀석은 우리와 함께 술을 마시고

"He figures he'll score a lot of goals in the second half since he used so much energy in the first half. 20 nil maybe?" M said. The sarcastic tone may have been because our friend's exotic second half remark had stung. Anyway we had no contact with him for a while. Twenty-seven and the second half, I figure, are concepts that don't belong together. As far as we're concerned, we still haven't finished the first quarter.

"Is M there by any chance?" My cell phone friend lowered his voice as if he wanted to say something to me privately.

"He's lying here beside me. We've taken pills, we're doing a double suicide... We've no jobs, no money and our heads are splitting from booze."

I was so hoarse, I suppose I could be taken seriously. I hawked up the phlegm in my throat and swallowed it again.

"Don't be going on like that... So you're together. Ask M if he was on the subway yesterday."

"Here, I'll put him on. Ask him yourself. I think he's still alive"

"Come on, you know I rub him the wrong way. Just ask him was he on the subway?"

M was asleep. That or he knew we were talking

있었는데, 얼마나 기뻤던지 내 볼에다 입을 맞추기까지 했다. M이 녀석을 꼬드겨 새벽 4시까지 술을 마셨다. 돈은 물론 회사에 합격한 친구가 냈다. 그날 녀석은 휴대전화기와 지갑을 잃어버렸고, 어디에 처박혔는지 턱에 상처까지 났다. 녀석은 "너희들, 내가 취직한 게 샘이 나서 나를 때린 거 아냐?"라고 투덜거렸지만 그런 일을 부러워할 우리가 아니었다. 녀석이 합격한 곳은 인터넷 신문 쪽에서 유명한 회사였지만 월급은 짜고 일은 많기로 유명했다. 다음날, 녀석은 우리를 백화점으로 불러내더니 넥타이 하나씩을 선물했다. 면접을 잘 보라는 의미였다. 자신을 위해서는 양복 한 벌과 최신형 휴대전화기와 양가죽 지갑을 샀다. 그 친구는 백화점을 나서면서 "이제부터 내 인생의 멋진 후반전을 시작할 거야"라고 했다.

"전반전에서 힘을 많이 뺐으니까 후반전에선 아마도 대량 실점을 할 거라고 생각해. 한 20 대 0 정도?"

M의 빈정대는 말투에 기분이 상했던 것인지 녀석은 한동안 연락을 하지 않았다. 내 생각에 스물일곱과 후반전이란 단어는 어울리지 않는다. 우린 아직 1쿼터도 끝내지 않았다.

about him and was pretending to be asleep.

"He was on the subway. We both were."

"You were on it together. Did you go around the cars carrying blue yarn?"

"How do you know about that?"

"Ah, I'm right. It was M, wasn't it? It's hard to make him out in the suit."

"How do you know about the suit?"

"His photograph is on the internet. Take down this address."

I typed in the address he gave me. It was a private blog called 'Street Scene.' Sure enough M's photograph was there. Dressed in a suit, eyes cast down, M was walking toward the camera. You could see the blue yarn faintly behind him. Actually it looked more like a line superimposed on the photograph than a piece of yarn. There were five pictures in all. The last picture, a rear view, gave a clearer view of the yarn.

The pictures were uploaded five hours ago, and already there were two hundred comments. The comments reflected a wide variety of opinion. Someone who had lost a sweetheart in an accident thought the unraveling yarn was a symbol of an unforgettable love. Someone else thought the yarn

"야, 혹시 말야, M하고 같이 있냐?"

M 몰래 내게 할 말이 있는 것인지 녀석은 목소리를 잔뜩 낮췄다.

"같이 누워 있지. 약 먹고 동반자살 하는 중이었거든…… 취직도 안 되고 돈도 없고 술도 안 깨고 해서……."

쉰 목소리가 흘러나와서 정말 죽으려는 사람으로 오해받을 것 같았다. 나는 목에 낀 가래를 입 안으로 끌어올린 다음 다시 삼켰다.

"농담하지 말고……, 아무튼 같이 있단 말이지? 그러면 M한테 어제 지하철 타지 않았냐고 물어봐줄래?"

"바꿔줄 테니까 직접 물어봐. 아직은 살아 있는 것 같으니까."

"야, 알잖아. 껄끄러워하는 거. 그냥 지하철 탔는지만 물어봐줘."

M은 잠이 들어 있었다. 아니면 자기 얘기를 하는 걸 알고는 잠이 든 체하는 것인지도 모르겠다.

"지하철은 탔지. 나하고 같이 있었으니까."

"같이 있었어? 그러면 혹시 파란색 실 들고 지하철 돌아다니지 않았어?"

"그걸 네가 어떻게 알아?"

symbolized a trip around the country. A third party thought the blue line had been superimposed on the picture. I woke M. He laughed when he saw the pictures. The more he read of the comments, the more he laughed. When he finished the last comment, he fell on the floor laughing.

"Yah," he exclaimed. "What incredible imaginations! How do they do it? Imagine thinking it was a picture of someone pulling a dopey lover's rotten tooth!"

M rolled across the floor. I didn't think the comments were funny enough to warrant rolling over the floor, but M obviously did. Such a variety of comment was unbelievable. And to think that I could have been the hero!

"My paper is going crazy trying to make contact. M obviously considers himself some kind of street artist. What the hell was he doing with the blue yarn?"

Our friend sounded annoyed. Perhaps he had heard M's laughter on the phone and thought it a bit ridiculous. He had never liked M's tricks and jokes. "I can't understand why you stick to him like glue," he often said. And for every such remark I liked him that much less. It was the word 'under-

"야, 맞구나. M이 맞지? 양복을 입고 있으니까 잘 모르겠더라고."

"어떻게 알았냐니까!"

"인터넷에 사진이 떴어. 주소 받아적어봐."

나는 친구가 알려준 주소를 입력했다. '거리의 풍경'이라는 개인 블로그였다. 거기에 정말 M의 사진이 있었다. 양복을 입은 M은 눈을 아래로 내리깔고 카메라 쪽을 향해 걸어오고 있었다. 그 뒤로 파란색 실이 가늘게 보였다. 언뜻 보면 실이라기보다는 사진 위에다 파란색 선을 합성한 것처럼 보였다. 사진은 모두 다섯 장이었다. 뒷모습을 찍은 사진에서는 파란색 실이 조금 더 자세하게 보였다.

사진을 업로드한 시각은 다섯 시간 전이었는데, 사진 아래에 이미 200여 개의 댓글이 달려 있었다. 댓글의 수만큼이나 의견도 다양했다. 애인이 교통사고로 죽었는데, 애인을 잊지 못해 애인 옷의 올을 풀어헤쳐 끌고 다니는 사람 같다는 의견도 있었고, 실을 끌고 전국일주를 하는 사람인 것 같다는 의견도 있었으며, 사진 위에다 파란 선만 그어놓은 합성사진인 것 같다는 의견도 있었다. 나는 M을 깨웠다. M은 사진을 보자마자 웃기

stand' that irked. You can never understand human relations, I thought. When he made such comments, I wanted to say something back, but I was afraid I'd lose a friend. I liked his earnestness and I liked those big eyes full of curiosity.

I wanted to tell him the long, complex story of the interview room, but I was afraid M would be demeaned in the telling. And I'd be demeaned too.

"Actually we were doing art."

"Art? What do you mean art? What art are you two into?"

"Subway performance art. Joining the splintered heart of modern man with yarn. That sort of thing."

"How long have you been at that sort of thing? You two and art don't mix."

M was sitting at the computer, writing something. Another joke. I was curious what he might write under the pictures.

"We've been at it for a long time. You just didn't know about it. Recently we did a performance on the bus."

"What did you do on the bus?"

I imagined a bus. What could you do on a bus? Let's see... a driver, seats, a bell to get off, straps to hold on to...

시작했다. 댓글을 읽어내려가면서 점점 웃음소리가 커지더니 마지막 글을 읽고 나서는 방바닥에 쓰러지고 말았다.

"야, 정말 상상력이 대단한 놈들이다. 어떻게 이런 생각들을 하지? 마지막 글 봤어? 옆 칸에 있는 겁 많은 애인의 썩은 이를 뽑기 위해서 실을 들고 걸어가는 회사원이란다."

M은 데굴데굴 방바닥을 굴렀다. 데굴데굴 방바닥을 굴러다닐 정도로 웃긴 글은 아니었지만 M의 입장에서는 그럴 수도 있겠다는 생각이 들었다. 사람들이 자신의 모습을 보고 이렇게 다양한 의견을 남겼으니 신기할 만도 하겠다. 사진의 주인공이 내가 될 수도 있었다.

"회사에서 지금 연락처 알아내려고 난리야. M이 무슨 거리의 예술가라도 된다고 생각하나봐. 도대체 파란 실은 왜 들고 돌아다닌거래?"

M의 웃음소리가 전화기를 타고 녀석의 귀에까지 들렸는지, 못마땅하다는 듯한 목소리로 녀석이 말했다. 녀석은 오래 전부터 M의 장난과 농담을 싫어했다. "난 네가 왜 그렇게 M이랑 붙어다니는지 이해를 못 하겠더라"는 말을 자주 했다. 그런 말을 들을 때마다 그 친구가

"We heaped blue yarn on an ad on the back of the seat."

"Why did you do that?"

"It was an experiment to see what people could do with yarn."

"And what did they do with it?"

I wondered what you could do with a piece of blue yarn while sitting in a bus. I couldn't think of anything. I covered the speaker on the phone with my hand and asked M who was inputting something in the computer. "You could strangle the person in front," he said.

"People have very poor imaginations," I said. "Most of them just knit."

"I'm surprised to hear you two are at that kind of thing. I'll call you again later."

After the call, I saw what M had written in the computer. "Maybe it was an attempt to tie up the subway with blue yarn?"

"That's a bit weak," I said.

"Weak, you say. OK, I'll think about it some more. Not much imagination, I'm afraid."

We lay down again and thought about what you could do with the blue yarn, but we got sleepy. It was seven o'clock when we awoke and it was dark

조금씩 싫어졌다. 그런 상황에서 '이해'라는 단어를 쓰는 게 싫었다. 사람과 사람의 사이는 이해할 수 있는 게 아니다. 그 얘기를 들을 때마다 뭔가 한마디 해줘야겠다 싶었지만 말을 꺼내는 순간 친구 하나를 잃어버릴지도 모른다는 걱정이 들었다. 나는 녀석의 진지함을 좋아했고 호기심 많은 눈동자를 좋아했다.

면접과 실에 얽힌 길고 긴 이야기를 해줄까 싶었지만 M이 너무 초라해질 것 같았다. 나 역시 초라해질 것 같았다.

"사실은 우리 예술 한 거야."

"예술이라니? 너희들이 무슨 예술을 해?"

"지하철 퍼포먼스. 조각난 현대인의 마음을 실로 이어준다, 뭐 그런 의미지."

"언제부터 그런 걸 했어? 너희들하고 예술은 정말 안 어울린다."

M은 컴퓨터 앞에 앉아서 뭔가를 쓰고 있었다. 또 장난을 치고 있을 것이다. 사진 아래에다 뭐라고 적을지 궁금했다.

"오래됐어, 네가 몰라서 그렇지. 얼마 전에는 버스에서도 예술을 했지."

outside. Time, we felt, was being stolen from us. Everything was too fast. Maybe we thought the first quarter wasn't over yet, but what if our friend was right and the second half had begun. Maybe we were asleep in the locker room while everyone else was running around the stadium.

M got up abruptly and spilled the coins from the piggybank onto the desk. He separated them by denomination, very carefully, like a dealer in a casino. He counted the coins in bundles of ten. The operation didn't take very long because we regularly took money from the piggybank.

"How much is left?" I asked, looking at the ceiling. More to know how bad our situation was than to know how much was actually left.

"Maybe enough to buy a box of *ramyun*."

"Let's buy the *ramyun* before the money runs out."

M divided the coins between his two side pockets and went out. I lay there quietly, imagining life without M. I couldn't visualize it very well, but I figured the time had come for each of us to make his own life. The room I was lying in was like a sinking ship. We were living in that sinking ship with our arms tightly around each other. Life had become a sort of three-legged race. Running with one leg

"버스에서는 뭘 했는데?"

나는 버스를 떠올려보았다. 버스에서는 뭘 할 수 있을까. 버스에는 운전사가 있고 의자가 있고 하차 벨이 있고 손잡이가 있고…….

"의자 뒤에 붙어 있는 광고판에다 파란색 실을 잔뜩 넣어뒀지."

"거기다 실은 왜?"

"사람들이 실을 가지고 뭘 할 수 있는지를 실험해본 거야."

"그걸로 뭘 하던데?"

버스 의자에 앉아 파란색 실로 뭘 할 수 있을지 생각해보았다. 아무것도 떠오르지 않았다. 나는 송화기 부분을 손으로 가리고 M에게 물어보았다. M은 컴퓨터 앞에 앉아서 뭔가를 입력하다가 '앞에 앉은 사람 목 조르기'라고 대답했다.

"사람들 상상력이 부족하더라. 대부분 옆 사람과 실뜨기를 하던데."

"너희들이 그런 걸 한다니까, 좀 놀랍다. 내가 이따가 다시 전화할게."

전화를 끊고 나서 M이 인터넷에 적은 글을 보았다.

tied, trying to match the breathing of the other, was bound to be slower than running with two free legs. It was fun, but inevitably it was slow. I figured we were too far behind now. We would have to loosen the ties that bound our legs before it was too late. I wondered what M's reaction would be. Maybe he was just waiting for me to loosen the ties first. The phone rang while I was wondering how I'd say my bit to M.

"I told the editor about you two. He wants me to interview you. Have you time tomorrow?"

"We have a job interview tomorrow."

"Won't you be free in the afternoon? We'll meet at five."

"But what sort of interview have you in mind? We don't do interviews."

"The editor has already written the captions. 'Blue Yarn Imagination' 'Street Artists.' I'll lose my job if I don't interview you. Are you okay with me losing my job? Come on, do the interview."

"I'll ask M."

"What's there to ask? You two are like an old married couple. Come to the office at five. We'll take some pictures in the subway nearby. Wear your suits. You'll have suits on for the job interview

"이 남자는 파란색 실을 이용해서 지하철을 꽁꽁 묶어 놓으려고 했던 건 아닐까요"라고 써놓았다.

"약한데?"

"약해? 아, 좀 더 생각해봐야겠다. 상상력이 모자란가 봐."

우리는 다시 방바닥에 드러누워서 파란색 실로 뭘 할 수 있을지를 생각해보았지만 졸렸다. 잠에서 깨어났더니 저녁 7시였고 바깥은 어둑어둑해지고 있었다. 시간을 도둑맞은 느낌이었다. 모든 게 너무 빨랐다. 아직 1쿼터도 끝나지 않았다고 생각했지만, 어쩌면 친구 녀석의 말처럼 벌써 후반전이 시작된 것인지도 모른다. 모두들 경기장에서 열심히 뛰고 있는데 우리만 라커룸에서 잠을 자고 있었는지도 모른다.

M이 자리에서 벌떡 일어나더니 저금통에 있던 동전을 책상 위에 쏟았다. 그러고는 종류별로 분류하기 시작했다. 마치 도박장에서 카드를 돌리는 것 같은, 신중한 모습이었다. M은 동전 10개씩을 하나의 무더기로 만들면서 천천히 동전을 셌다. 하지만 틈날 때마다 저금통에 있는 돈을 썼기 때문에 M의 작업은 그리 오래가지 않았다. M은 두 번쯤 동전을 셌다.

anyway."

I put down the phone and stared at the ceiling again. Blue Yarn Imagination, Street Artists. Art. Art be damned! It was all a pain in the neck. I didn't want to do anything. I didn't want to do the interview, and I didn't want to go to the office. I wanted someone to get me by the scruff of the neck and drag me somewhere.

"What do you think I bought," M shouted as he opened the door. Such an innocent face. He produced a sword from behind his back. A plastic sword but rather finely made.

"Lovely, isn't it?"

"Lovely indeed. What did you use for money?"

"It makes a sound too."

He struck the sword on the floor. There was a sharp ringing sound, the ring of steel on steel. M went around the room striking various items. The desk rang out, the bikini wardrobe rang out, the computer keyboard rang out. It was like listening to the sound track of a war film. He struck me and I rang out.

"Did you buy the *ramyun*?"

"Oh, I forgot. I went to buy *ramyun*, didn't I? Anyway there's money left over."

"얼마나 남았어?"

내가 천장을 보면서 물었다. 얼마가 남았는지 알고 싶었다기보다는 얼마나 비참한 신세인지를 확인하고 싶었다.

"그럭저럭 라면 한 박스는 살 수 있겠다."

"그러면 돈 없어지기 전에 얼른 라면이나 사놓자."

M은 동전을 양쪽 주머니에 나눠 넣고는 밖으로 나갔다. 혼자 조용히 누워서 M이 없는 삶을 생각해봤다. 잘 상상이 되지 않았지만 이제는 각자 자신만의 삶을 꾸려 나가야 할 때가 온 것 같았다. 지금 누워 있는 방이 침몰하는 배 같았다. 침몰하는 배 속에서 우리는 꼭 껴안은 채 살고 있었다. 우리 두 사람의 삶은 운동회 때의 이인삼각 같은 것이었다는 생각도 든다. 발 하나씩을 묶고 호흡을 맞춰 열심히 달려보지만 두 다리로 달리는 사람보다 느릴 수밖에 없다. 재미는 있지만 느릴 수밖에 없다. 이제는 너무 뒤처졌다는 생각이 들었다. 더 늦기 전에 우리 발목에 묶여 있는 끈을 풀어야 할 것 같았다. M에게 얘기하면 어떤 반응을 보일까. 어쩌면 내가 먼저 끈을 풀자고 하길 기다리고 있는지도 모른다. M에게 어떻게 얘기해야 할지를 생각하고 있을 때 전화벨

"You need two swords for a sword fight."

"There selling them at the intersection. Will I buy another?"

"Forget it. Sword fights at our age? The rest of the money is for *ramyun*."

"What's wrong with our age?

I told M about the newspaper interview. He thought it was great. This was a bit unexpected. I thought he mightn't want to do an interview. M was excited. We need identical suits—uniforms!—he shouted, but we both were well aware that we didn't have that kind of money.

We went out to the intersection. Under the lurid lights there was a large display of toys: cars and trains; guns and arrows; and shields. Most were crudely made. I could see why M chose the sword. We bought another plastic sword. And we bought a transparent plastic shield. I thought at first it was made from glass, that it would break if you let it fall. You could see through it, but it wouldn't block an attack; and you'd have to clean it every day... That's what I thought. It was fun. But when I touched it, I knew it wasn't glass; it was transparent plastic. A shield that you could see through would have many advantages in a fight. Having bought the

이 울렸다.

"너희들 얘기 했더니 편집부장이 인터뷰해오래. 내일 시간 어때?"

"내일은 면접 있는 날인데."

"오후엔 괜찮을 거 아냐. 5시에 보자."

"그런데 무슨 인터뷰야? 우리 인터뷰 같은 거 안 할 건데."

"편집부장이 제목도 벌써 붙여놨어. '파란 실의 상상력, 거리의 예술가들.' 인터뷰 못 하면 내 목 날아가. 그 래도 괜찮아? 좀 해주라."

"M한테 물어볼게."

"물어보긴 뭘 물어봐. 너희 둘은 부부나 마찬가진데. 5시에 회사로 와. 회사 근처에 있는 지하철역에서 촬영도 할 거니까 양복 꼭 입고 오고. 아, 면접 보니까 양복은 당연히 입겠구나."

전화를 끊고 다시 천장을 바라보았다. '파란 실의 상상력, 거리의 예술가들.' 예술은 무슨 얼어죽을 예술이람. 모든 게 다 귀찮게 느껴졌고 몸을 움직이고 싶지도 않았다. 면접도 보기 싫었고 회사를 다니기도 싫었다. 누군가 내 머리채를 붙들고 어디론가 질질 끌고 갔으면

sword and shield, there was enough money left to buy about ten *ramyun* packs. For a proper sword fight, we'd need two shields, but we had to leave some money for *ramyun*.

The shield gave off a ringing sound too. A ringing sword seemed fair enough, but the idea of a ringing shield was strange. If you bopped your head off the shield, it rang out; if you hit the shield with your fist, it rang out. And the sound of sword on shield was a double ring. A strange novelty item set.

"I don't want to do the job interview tomorrow," M said, banging his sword off the railing at the side of the road.

"Why," I asked, likewise striking the railing with my sword.

"I don't like the idea of a company that sells scales. How about you?"

"I don't like it much either."

"Let's give it a miss."

"Fine."

We banged our swords off the railing as we walked. People walking along the street stared at us. Still we kept striking the railing. Street noise tended to drown out the ringing of the swords on

싶었다.

"내가 뭘 사왔게?"

M이 문을 열면서 소리를 질렀다. 천진난만한 표정이었다. M은 등 뒤에서 칼을 꺼냈다. 플라스틱 칼이었지만 제법 정교하게 만든 것이었다.

"멋지지?"

"멋지네. 그런데 무슨 돈으로 샀어?"

"이거 소리도 나."

M은 플라스틱 칼을 바닥에 내리쳤다. 췌엥, 하는 날카로운 소리가 났다. 칼과 칼이 부딪쳤을 때 나는 쇳소리였다. M은 플라스틱 칼을 들고 돌아다니면서 방 안의 물건들을 두드렸다. 책상에서도 췌엥, 소리가 났고 비키니옷장에서도 췌엥, 컴퓨터 자판에서도 췌엥, 모니터에서도 췌엥, 소리가 났다. 전쟁영화의 사운드트랙을 듣고 있는 것 같았다. 누워 있는 내게도 칼을 내리쳤고, 내 몸에서도 췌엥, 하는 소리가 났다.

"라면 안 샀어?"

"참, 라면 사러 간 거였지. 어째 돈이 남더라."

"그리고 두 개는 있어야 칼싸움이라도 할 거 아냐."

"요 앞 삼거리에서 팔고 있는데 하나 더 사올까?"

the railing. M struck the shield which I was carrying.

"Why not try to be artists?" he said. "We seem to have what it takes. Let the interview tomorrow be our formal introduction into the world of art."

"Art isn't for everyone, is it? What do we know about art? Of course, if acting the fool can be construed as art, we're number 1... I don't really want to do the interview. Interviewing us for acting the fool is a bit of a joke, isn't it."

"But fun, surely?"

I couldn't see where the fun was. I hit the shield in my left hand with the sword in my right hand. I hit hard, but the sound wasn't any louder. Traffic sounds and the radio in the cosmetics store drowned out the sound of our swords. We went home.

There were now five hundred comments tagged onto the pictures. M sat in front of the monitor and absorbed himself in reading the comments. I was too tired. My mouth had a sandy taste: I was still feeling the effects of the booze.

Next day we slept late. We skipped the scales interview, had a late lunch, then put on our suits and headed for the internet newspaper office. The

"됐다. 이 나이에 무슨 칼싸움이냐. 그리고 남은 돈으로는 라면 사먹어야지."

"우리 나이가 어때서."

나는 M에게 인터뷰 얘기를 했다. M은 재미있어 죽겠다는 표정이었다. 인터뷰 같은 건 싫어할지도 모른다고 생각했는데 의외였다. 똑같은 양복을 유니폼처럼 맞춰 입어야 하는 것 아니냐면서 M이 호들갑을 떨었지만 그럴 만한 돈이 없다는 것은 우리 둘 다 잘 알고 있었다.

우리는 삼거리로 나갔다. 요란한 불빛 아래 수많은 장난감들이 늘어서 있었다. 자동차도 있었고 기차도 있었고 총도 있었고 화살도 있었고 방패도 있었다. 대부분 조잡한 것들이었다. M이 칼을 고른 이유를 알 수 있었다. 우리는 플라스틱 칼을 하나 더 샀다. 그리고 투명 플라스틱으로 만든 방패도 하나 샀다. 방패를 처음 봤을 때 나는 그게 유리로 만든 것인 줄 알았다. 떨어뜨리기만 해도 깨지는 방패, 앞은 환하게 볼 수 있지만 적의 공격을 막을 수는 없는 방패, 매일매일 깨끗하게 닦아줘야 하는 방패……. 그런 생각들을 하니 재미있었다. 손을 댔을 때에야 그게 유리가 아닌 투명 플라스틱으로 만든 것이란 걸 알았다. 앞이 보이는 방패는 싸움을 할

prospect of the interview was a bit scary, but we were determined to enjoy ourselves. We took a deep breath and went into the newspaper office.

Our friend greeted us. "I know nothing about art," he said, "so I've arranged for an art professional to do the interview."

The art professional reached us his card. Professional art reporter was written on the card. It was amazing that such a job existed, but since we were artists too we made an effort to be very composed when we greeted him. We headed for the subway in the company of the professional art reporter and a camera man. "Today's photo concept is freedom," the camera man said. "Do you understand?" Of course, we had no idea what a free photo was. We walked through the subway car carrying the blue yarn the art professional had given us. It was more like rope than yarn. He said it would have to be this thick to get it to come out clearly in a picture.

"There's nothing free about this. We're not exactly slaves in chains," M muttered in complaint. I felt the same way.

"Well then, feel free to do your own thing," the camera man said with a sigh. M took out the swords and shield and showed them to the pro-

때 쓸모가 많을 것 같다. 칼과 방패를 샀더니 라면 열 개 정도 살 수 있을 돈이 남았다. 제대로 된 칼싸움을 하려면 방패를 두 개 사야 했지만 그래도 라면 살 돈은 남겨두어야 했다.

방패에서도 췌엥, 하는 소리가 났다. 칼에서 췌엥, 하는 소리가 나는 것은 어울렸지만 방패에서 소리가 난다는 것은 이상했다. 머리로 방패를 때려도 췌엥, 하는 소리가 났고 주먹으로 때려도 췌엥, 소리가 났다. 칼로 방패를 내려치면 췌췌엥, 하는 기이한 소리가 났다. 이상한 세트 상품이었다.

"내일 면접 가기 싫다."

M이 길거리에 있는 난간에다 칼을 내리치면서 말했다.

"왜?"

나도 난간에다 칼을 내리치면서 물었다.

"저울회사란 게 별로 마음에 안 들어. 넌 어때?"

"마음에 안 들긴 마찬가지지."

"가지 말자."

"그러자 그럼."

우리는 칼로 난간을 내리치면서 걸었다. 길을 걷던 사

fessional art reporter. M had spent an hour shoving all sorts of things into his bag before we left the house. You never know, he said, what they might need for the photographs.

"Why don't you photograph these? M suggested. "Could be fun."

"What are you going to do with them?"

"Have a sword fight."

"That sounds a bit childish. Why not stick with the string?"

We ignored the professional and launched into a sword fight. I had shield and sword. M just had the sword. M rushed at me with a shout,

"Fool, do you think you can block my sword with that silly shield?"

"Don't make me laugh," I roared. "Do you think you can break my glass shield with a plastic sword? I can see every move you make through the shield."

Our swords clashed. The ring of steal echoed through the car. The sound was much louder than I expected. The professional art reporter stared at us, mouth open. His expression said this isn't fun, it's ridiculously childish. But we continued the sword fight, each as if intent on killing his oppo-

람들이 우리를 쳐다봤다. 그래도 우리는 난간을 내리쳤다. 길거리의 소음 때문에 췌엥, 하는 소리는 잘 들리지 않았다. M이 내가 들고 있던 방패에다 칼을 내리치면서 말했다.

"우리 예술가나 돼볼까? 재능이 있나봐. 내일 인터뷰를 계기로 본격적인 예술을 하는 거야."

"예술은 아무나 하냐? 그리고 우리가 예술이 뭔지나 알아? 장난도 예술로 쳐준다면 우리가 1등 먹겠지만……. 사실 인터뷰도 하기 싫어. 장난 한번 친 거 가지고 인터뷰한다는 게 웃기지 않냐?"

"재미있잖아."

뭐가 재미있는지도 알 수 없었다. 나는 오른손에 들고 있던 칼로 왼손에 들고 있던 방패를 내리쳤다. 세게 내리쳤지만 소리는 커지지 않았다. 자동차 소리와 화장품 가게에서 틀어놓은 라디오 소리 때문에 우리들의 칼소리는 오히려 더 작게 들렸다. 우리는 집으로 돌아갔다.

사진 아래에는 벌써 500개의 댓글이 달려 있었다. M은 모니터 앞에 앉아서 열심히 댓글을 읽었지만 나는 너무 지쳐 있었다. 아직도 술이 덜 깬 것 같은 기분이었고 입 안은 까끌거렸다.

nent. The camera man clicked his shutter industriously, but he didn't appear too happy.

Two small kids who had been sitting at a distance approached. The sight of two men in suits in a sword fight was special. The kids followed the fight closely. Two women who appeared to be the kids' mothers moved close. Two grandfathers intrigued by the clanging of the swords came up to us and two lovers also approached. The crowd gradually grew. We were sweating bricks in our attempts to exploit each other's defensive weaknesses, but our movements were so ridiculously slow that we didn't seem to be fighting at all. It was more like a dance. The two kids were pulling their mums' hands. "Buy me a sword, buy me a sword," each cried insistently. In the space of five minutes thirty people had gathered around. Their delight in the performance was written on their faces. The art professional brightened, the camera man's finger on the shutter speeded up. I tied M up with the blue yarn. Well, it was more like draping the yarn across him than tying him up. The train stopped in the station. We left the swords and shield in the car and stepped out on the platform. The swords and shield were presents for the two kids.

다음 날 우리는 늦게까지 잠을 잤다. 저울회사의 면접은 포기했다. 우리는 늦은 점심을 먹은 후 양복을 입고 인터넷 신문사로 향했다. 인터뷰를 한다는 게 두려웠지만 재미있는 경험을 하는 것이라고 마음먹었다. 숨을 크게 들이마시고 신문사로 들어갔다.

"아무래도 내가 예술에 대해서 아는 게 없어서 말야. 이분이 나 대신 인터뷰를 하실 거야. 예술전문기자시거든."

친구가 소개해준 예술전문기자는 우리에게 명함을 주었다. 명함에도 '예술전문기자'라고 적혀 있었다. 예술전문기자라는 직업이 있다는 게 신기했지만 우리도 예술가였기 때문에 애써 태연한 모습으로 인사를 했다. 우리는 예술전문기자와 사진기자와 함께 지하철로 향했다. 사진기자는 "오늘의 촬영 콘셉트는 자유로움입니다. 아시겠죠?"라고 얘기했지만 자유로운 사진이라는 게 어떤 것인지 알 수 없었다. 우리는 예술전문기자가 쥐여준 파란색 실을 들고 지하철 객실 안을 걸었다. 실이라기보다 밧줄에 가까운 굵기의 끈이었다. 사진에 제대로 나오려면 이 정도 굵기는 되어야 한다고 했다.

"하나도 자유롭지가 않잖아요. 밧줄에 묶여서 끌려가

"That was fun, wasn't it?" M said proudly. The art professional laughed. We went to a coffee shop for the interview. As soon as we sat down, the art professional began to shower us with questions. We weren't able to answer very well. The questions were much too difficult.

"Bruce Nauman recorded his body language in picture form, the expression of an art concept. Have you been influenced by such art forms?"

"Bruce who?"

"Bruce Nauman. He said that the committed artist helps the world by illuminating the mystery of the real. What do you think is the meaning of what you do as artists?"

"We believe we're helping the world by illuminating everyday reality."

"And what is everyday reality?"

"Having fun, I suppose."

It was this kind of interview.

We made a joke of every answer. When M was asked how he intended to solve economic problems, he answered "Economically." When I was asked why we use yarn for our performance, I said we made a ball of mistakes in our lives and they seemed to spin off in yarn. The art professional

는 노예도 아니고……."

M이 투덜거렸다. 나 역시 같은 생각이었다.

"그러면 아무렇게나 놀아보세요."

사진기자가 한숨을 쉬면서 말했다. M이 플라스틱 칼과 방패를 꺼내서 예술전문기자에게 보여주었다. M은 사진촬영에 필요할지도 모른다면서 온갖 잡동사니들을 가방에 쑤셔넣느라 한 시간을 허비했었다.

"이걸 들고 노는 걸 사진으로 찍으면 어때요? 재미있을 것 같은데……."

"그걸로 뭘 하실 건데요?"

"칼싸움이요."

"유치할 거 같은데요. 그냥 끈을 들고 걷는 걸로 하죠?"

예술전문기자의 말을 무시하고 우리는 칼을 들고 일어섰다. 나는 방패와 칼을 들었고, M은 칼만 들었다. M이 나를 향해서 소리를 질렀다.

"멍청한 녀석, 그따위 방패로 내 칼을 막을 수 있을 것 같으냐."

"웃기는 소리 말아라. 그따위 플라스틱 칼로 내 유리방패를 깰 수 있을 것 같으냐? 유리방패 너머로 네놈이

found the interview increasingly tough going. He was primarily interested in our novelty performances at job interviews. We had so little to say that we had to sublimate what we did into art.

"We loved the fun of performing in the job interview space. We had no interest in getting jobs ourselves, but we did interviews regularly. We'd do a magic show for the interview board or we'd put on a yarn event for them. Now that was fun."

"What was the yarn event?"

"We'd sit down the members of the interview board and unravel tangled yarn. We were trying to see how long they'd stick it, a kind of an experiment in company patience."

"How did it work out?"

"Didn't last five minutes; they had no patience. If you're going to pick the right person for the job, you ought to be able to wait five minutes. Trying to evaluate someone in five minutes in an interview room is a bit of a joke, don't you think?"

"That's true. So you're actually making fun artistically of the rigidity of formal societal structures? How often have you done your job interview performance routine?"

"About thirty times, different routine every time,

움직이는 게 다 보인다."

우리는 칼을 부딪쳤다. 췌췌엥, 하는 소리가 객실에 울렸다. 생각했던 것보다 훨씬 소리가 컸다. 예술전문 기자는 지하철 의자에 앉아서 입을 벌린 채 우리를 바라보았다. 재미있어서라기보다 너무 유치해서 못 봐주겠다는 듯한 표정이었다. 그래도 우리는 상대방을 정말 죽이기라도 할 것처럼 온 힘을 다해 칼싸움을 했다. 사진기자는 열심히 셔터를 누르긴 했지만 밝은 표정은 아니었다.

먼 곳에 앉아 있던 꼬마 두 명이 우리 가까이로 왔다. 양복을 입고 칼싸움을 하고 있으니 신기해 보였던 모양이다. 두 꼬마는 열심히 우리들의 칼싸움을 구경했다. 꼬마들의 엄마인 것 같은 어른 두 사람이 우리 쪽으로 왔고, 췌엥, 하는 소리가 궁금했던 할아버지 두 분, 그리고 연인처럼 보이는 남녀가 우리 곁으로 왔다. 시간이 지날수록 우리를 구경하는 사람들이 점점 늘어났다. 우리는 땀을 뻘뻘 흘리면서 상대의 빈틈을 공격했다고는 하지만 어처구니없을 정도로 느린 속도로 움직였기 때문에 실제로 싸움을 하는 것처럼 보이지는 않았다. 무용에 가까웠다. 제일 먼저 우리를 발견한 두 꼬마는 엄

of course."

We were very happy to talk about the interviews. About interviews we had plenty to say. Having begun with the lie that we had no intention of taking a job anyway, we really had the feeling that we had been doing art.

Next day the article appeared in the internet paper under the headline, "Internet Pranksters Captivate a Society without Imagination." There was a picture of us sword fighting, one of me tying M up with the blue yarn, and one of the big crowd watching the sword fight. Most of the article covered our interviews.

"It's fair enough, isn't it?"

"Yeah, the professional touch is there. The article really makes us look like artists."

The article made us famous. Someone suggested that we make a documentary, 'Street Artists.' There was a query from a university, could we take charge of a course titled 'Revolutionary Concepts?' There were lots of requests for interviews. We rejected all offers except one, to go on the board of interviewers for an advertising company. Interviews were an area in which we felt we had competence. Of course, we weren't allowed to decide which

마들의 손을 붙들고 "나도 저 칼 사줘"라면서 떼를 쓰고 있었다. 5분쯤 지났을 때 우리 주위에는 서른 명 가까운 사람들이 모여 있었다. 모두들 신기하다는 표정으로 우리를 구경하고 있었다. 예술전문기자의 얼굴이 밝아졌고 사진기자의 손놀림이 빨라졌다. 나는 M에게 고갯짓을 했다. 내 의도를 알아차린 M이 칼을 놓쳤다. 나는 지하철 의자에 놓아두었던 파란색 밧줄을 이용해 M을 묶었다. 아니, 묶었다기보다 밧줄을 M의 몸에다 걸쳤다. 때마침 지하철이 역에 멈춰 섰다. 우리는 칼과 방패를 지하철 객실에다 버린 다음 승강장으로 나왔다. 사진기자와 예술전문기자가 우리를 따라 밖으로 나왔다. 칼과 방패는 꼬마들에게 주는 선물이었다.

"재미있었죠?"

M이 자랑스럽게 말했고 예술전문기자가 웃었다. 우리는 인터뷰를 위해 커피숍으로 향했다. 자리에 앉자마자 예술전문기자가 질문을 퍼부었지만 우리가 대답할 수 있는 게 별로 없었다. 질문이 너무 어려웠다.

"브루스 나우만은 자신의 신체언어를 사진으로 기록하면서 예술에 대한 개념을 표출했는데요, 그런 장르에서 영향을 받지는 않으셨습니까?"

candidates got the jobs. There were ten board members. We were just excited to be interviewing anyone.

We discussed the interview over dinner the evening before. This was a new situation for us; the examinees were now the examiners. And yet nothing had changed. Our primary preoccupation was the same: how to make the interview fun. That was all we thought about.

"There's been another phone call asking us to take on job interviews."

"How many is that? We'll soon be professionals."

"Sounds good. Professional interviewers. That's for us."

There were lots of companies out there and companies regularly needed recruits. With a little more effort we'd be pros. At our preparatory meeting for the advertising company interview, we decided to make a firecracker. We let the firecracker off in the middle of the interview. Poom! With the explosion, colored thread showered the applicants. The other members of the interview board were equally in shock because we hadn't told them in advance what we planned to do. The applicants provided varied responses. One appli-

"누구요?"

"브루스 나우만은, 진정한 작가는 신비한 진실을 밝힘으로써 세상을 돕는다, 라고 했습니다. 작가로서 자신들의 행동에 어떤 의미가 있다고 생각하십니까?"

"저희는 평범한 진실을 밝혀 세상을 돕는다고 생각하는데요."

"평범한 진실이란 게 어떤 겁니까?"

"재미있게 노는 거요."

대충 이런 식의 인터뷰였다.

우리는 농담으로 모든 답변을 대신했다. "경제적인 문제는 어떻게 해결하십니까"라는 질문을 받은 M은 "경제적으로 해결한다"고 대답했고, "왜 하필 실을 이용한 퍼포먼스를 하십니까"라는 질문에는 "워낙 실패를 자주하다 보니 거기에서 실이 풀려나온 것 같다"고 내가 대답했다. 예술전문기자는 시간이 지날수록 힘겨워했다. 예술전문기자가 가장 관심을 보였던 이야기는 우리들의 면접 퍼포먼스였다. 할 얘기가 너무 없어서 우리는 면접 보았던 일들을 예술적으로 승화시켰다.

"저희가 가장 좋아하는 건 면접장에서 노는 겁니다. 취직할 생각은 없었지만 면접을 자주 봤죠. 면접관들을

cant shouted, another broke out in a cold sweat, still another fell backwards over his chair. We had set the firecracker off to test their tension levels. We gave the highest marks to the fellow who burst out laughing when the firecracker went off. You can't do anything when you're tense.

"What's the next company on our list?"

"A securities company. What sort of event do you think would be appropriate?"

"Do you know anything about securities?"

"No, not a thing."

"Why not get the applicants to question the members of the board. They ask the questions; we give the answers. We know from experience that framing a good question is a skill."

"That sounds like fun."

The interviews were fun. And discussing the interviews beforehand was fun. True to our usual form, we staged a lot of novelty events. We let off firecrackers as in the advertising interview; we filled a box with odd items, got the applicant to pick one and challenged him to make us laugh with the item selected; we got the applicants to compose cheerleader songs in support of their cause. M and I, of course, sang our cheerleader song.

앞에 두고 마술쇼도 하고 만담도 하고 실을 이용한 이벤트도 했어요. 그거 정말 재미있습니다."

"실을 이용한 이벤트라뇨?"

"면접관들을 앉혀두고 그 앞에서 헝클어진 실을 푸는 겁니다. 그 사람들이 얼마나 오래 기다릴 수 있는지 보는 거예요. 말하자면 회사원으로서의 인내력을 실험해 보는 거죠."

"결과는 어땠어요?"

"그 사람들, 참을성이 없어서 5분도 못 기다리더라구요. 제대로 된 사람을 뽑을 생각이라면 5분은 기다릴 줄 알아야 되는데 말이죠. 면접장에서 딱 5분 보고 그 사람을 평가한다는 게 웃기지 않습니까?"

"그렇죠. 그러니까 딱딱하게 경직돼 있는 조직사회에 대한 야유를 예술적으로 표현하신 거군요. 면접 퍼포먼스는 얼마나 하셨어요?"

"한 서른 번 했죠. 매번 다른 걸로."

우리는 신이 나서 면접에 대한 이야기를 했다. 면접에 대해서라면 할 말이 많았다. 우리는 처음부터 회사에 들어갈 생각이 없었다, 라는 거짓말로 시작을 하고 보니 정말 우리가 예술을 한 것 같은 기분이 들기도 했다.

Many of the applicants liked our questions and our novelty event approach. We were more like people charged with making the interview a fun experience than actual members of the interview board. If interviews had been conducted like this, I thought, we'd have got jobs too.

This, we thought, was our first experience of doing something meaningful. If you were to ask us what exactly we meant by 'meaningful,' we wouldn't be able to answer. All we knew was that it was now the second half; we felt we were no longer on our own, asleep in the locker room. Fail-aholics ourselves for a time, we were now charged with giving encouragement to fail-aholics. We were delighted to be someone's shield. Even if the shield was only plastic or glass.

We had just completed our twentieth or twenty-first interview assignment. The interview had been for web designers. There had been so many applicants we were exhausted. We didn't feel like talking on the way home. We had to ask different questions to each applicant depending on personality and the answers each gave. And not everyone was able to adapt to the novelty event we had prepared. Bit by bit we reached the stage of exhaus-

다음 날 인터넷 신문에는 "상상력이 부족한 사회를 체포한 지하철의 장난꾸러기들"이라는 제목의 기사가 올랐다. 우리가 칼싸움하고 있던 사진, 내가 M을 파란 밧줄로 묶은 사진, 많은 사람들이 우리의 칼싸움을 구경하고 있는 사진도 기사와 함께 올라와 있었다. 기사에는 우리의 면접 이야기가 가장 많았다.

"그럴싸한데?"

"역시 예술전문기자는 다르시네. 이렇게 기사로 보니까 우리가 정말 예술가 같다."

인터넷 신문에 기사가 오른 다음 날부터 우리는 유명인사가 됐다. '거리의 예술가들'이라는 다큐멘터리를 찍자는 제의도 왔고, '발상의 전환'이라는 과목을 맡아줄 수 있겠냐면서 대학에서 연락이 오기도 했다. 인터뷰 요청도 많았다. 하지만 우리는 모든 요청을 거절하고 딱 하나만 받아들였다. 광고회사의 신입사원 면접관을 맡아달라는 제안이었다. 어찌되었든 우리는 면접이라면 자신 있었으니까. 물론 우리에게 응모자들의 합격여부를 결정하는 전권을 준 것은 아니었다. 면접관은 모두 10명이었다. 하지만 우리가 누군가의 면접을 본다는 사실만으로도 흥분되는 일이었다.

tion. We were running out of ideas and the process was becoming less and less fun. No fun after only twenty assignments. That was strange. We sat side by side in the back of the bus and looked out the window.

"Nothing's easy, is it?" M said, continuing to look out the window. The question seemed directed at himself rather than me.

"We'll have to go back to the beginning again," I said, also looking out the window.

"This is not for us."

We were viewing the same scene.

"To the beginning? You mean back to doing interviews every day? That was fun all right, but this is better."

"No. Further back."

"Go to college again?"

"No, further."

M turned his head and smiled at me.

"You don't mean a suicide pact and meet again in our new life? Not that surely?"

"No."

"I'm not sure what you mean by 'the beginning.' We must have gotten here from some fork in the road."

우리는 면접 전날 저녁을 먹으면서 회의를 했다. 얼마 전까지만 해도 점수를 받는 사람이었던 우리가 이젠 점수를 주는 사람으로 바뀌었다. 하지만 달라진 것은 없었다. 어떻게 하면 면접을 재미있게 볼 수 있을까, 우린 그 생각만 했다.

"좀 전에 연락 왔는데 또 면접 맡아달라는 전화야."

"벌써 몇 개째냐. 이러다가 우리 전문면접관 되는 거 아니냐?"

"야, 그거 괜찮은데? 전문면접관, 우리 그거 하자."

회사는 많고 회사들은 늘 신입사원을 뽑는다. 일거리는 충분할 것 같았다. 좀 더 노력한다면 전문면접관이 될 수 있을 것 같았다. 우리는 광고회사의 면접준비회의 끝에 폭죽을 준비하기로 했다. 우리는 면접이 진행되는 중간에 갑자기 폭죽을 터뜨렸다. 펑, 하는 소리와 함께 색색의 실이 응모자들 앞으로 쏟아졌다. 같이 앉아 있던 면접관들에게도 미리 얘기를 하지 않았기 때문에 면접관들도 놀라긴 마찬가지였다. 응모자들은 다양한 반응을 보였다. 소리를 지르는 친구도 있었고, 깜짝 놀라면서 식은땀을 흘리는 친구도 있었고, 의자와 함께 뒤로 자빠진 친구도 있었다. 우리가 폭죽을 터뜨린 이유

"What was your dream?"

"Dream? Why suddenly ask about dreams? That's childish..."

M turned toward the window. He said nothing more. He wasn't looking at the scene outside, he was trying to remember his dream. Once M told me he wanted to be a garden superintendent. He also said he'd like to travel and he'd like to be the head of a zoo. M stuck his head out the window. We said nothing. I looked at M's profile. It occurred to me that this might be our last time in a bus together. We'd been sitting vacantly on a bus, we'd had a brief conversation and now we'd passed a specific point. We had passed a fork in the road. He chose the left and I chose the right. I felt as if the ties that bound our ankles had been loosened without us even being aware of it. Tightly stretched electric wires showed where we had come from. I couldn't put a name on it, I couldn't date it precisely, but I felt that a phase of my life was ending.

\* English translation first published in *Waxen Wings* (Koryo, 2011).

Translated by Kevin O'Rourke

는 얼마나 긴장하고 있느냐를 보기 위한 것이었다. 폭죽을 터뜨렸을 때 소리내어 웃는 친구에게 제일 높은 점수를 주었다. 긴장해서는 아무것도 할 수 없는 법이다.

"다음 회사는 어디야?"

"증권회사야. 어떤 이벤트가 좋을까?"

"너 증권에 대해서 아는 거 있어?"

"없지."

"그러면 면접자들한테 질문을 해보라고 하면 어떨까. 그 사람들이 질문을 하고 우린 대답을 하는 거야. 우리가 면접 많이 해봐서 알지만 질문 잘하는 것도 능력이잖아."

"그렇지. 재미있겠다."

면접관 일이 재미있었고, 면접에 대한 회의를 하는 게 재미있었다. 우리는 예전과 마찬가지로 기발한 이벤트를 많이 했다. 광고회사에서처럼 폭죽을 터뜨리기도 했고, 상자에다 잡동사니를 넣어놓고 한 가지를 뽑게 한 다음 그 물건으로 우리를 웃겨보라는 주문을 하기도 했고, 자신만을 위한 응원가를 만들어보라는 요구도 했다 —물론 M과 나의 응원가도 불러주었다. 많은 면접자들이 우리의 질문과 이벤트를 재미있어했다. 우리는 면접관이라기보다 면접장을 재미있게 만들어주는 사람이었다. 이렇게 면접을 봤더라면 우리도 진작에 회사원이 됐을 텐데, 라는 생각이 들 정도였다.

우리는 면접관 일을 하면서, 태어난 이후 처음으로 뭔가 의미 있는 일을 하고 있다는 생각이 들었다. 구체적으로 어떤 의미가 있는 일인가요? 라고 물어본다면 할 말은 없지만 후반전이 시작됐는데 혼자서만 라커룸에서 자고 있다는 생각은 더 이상 들지 않았다. 우리는 한때 실패에 중독된 인간들이었지만 이제는 실패중독자들을 위로해주는 입장이 됐다. 누군가의 방패가 될 수 있다는 사실만으로도 우리는 기뻤다. 그것이 플라스틱이나 유리로 만들어진 방패이더라도 말이다.

스무 번째였는지 스물한 번째였는지의 면접관 일을 마치고 나올 때였다. 웹 기획을 하는 회사의 면접이었는데, 어찌나 지원자가 많았던지 면접을 다 보고 집으로 돌아올 때는 아무 말도 하고 싶지 않을 정도로 피곤했다. 지원자의 성격이나 대답에 따라 매번 다른 질문을 해야 했기 때문에, 또 우리가 준비한 이벤트를 모든 사람들에게 써먹을 수 있는 것도 아니어서, 우리는 점점 지쳐갔다. 아이디어도 고갈되는 것 같았고, 무엇보다 갈수록 재미가 없어졌다. 겨우 스무 번밖에 면접을 보지 않았는데 벌써 재미가 없다는 게 이상했다. 우리는 버스 맨 뒷좌석에 나란히 앉아서 창밖을 내다보고 있었다.

"에휴, 하여간 쉬운 일이 없어, 그치?"

여전히 창밖을 내다보면서 M이 말했다. 내게 묻는다기보다 스스로에게 묻는 질문 같았다.

"우리, 처음으로 돌아가야 할 것 같지 않냐? 우리에게 어울리는 일이 아닌 것 같아."

나 역시 창밖을 내다보면서 말했다. 우리는 같은 풍경을 바라보고 있었다.

"처음이라…… 매일 면접 보던 시절로 다시 돌아가자고? 그때도 재미있긴 했지만 그래도 지금이 더 나아."

"아니, 그보다 더 처음으로."

"대학교에 다시 입학하자고?"

"더 처음."

M이 고개를 돌려 나를 보며 빙긋댔다. 그리고 말했다.

"설마 같이 동반자살 하고 다시 태어나서 만나자, 그런 건 아니지?"

"아니지."

"그러고 보니 처음이 어딘지 잘 모르겠네. 어딘가의 갈림길에서 여기로 온 걸 텐데 말야."

"넌 꿈이 뭐였지?"

"꿈? 새삼스럽게 꿈은 왜 물어본대? 유치하게스리……."

M은 창문 쪽으로 고개를 돌렸다. 그러고는 아무 말도 하지 않았다. 풍경을 바라보는 게 아니라 자신의 꿈이 무엇이었는지를 기억해내려 애쓰는 것 같았다. 언젠가 M은 내게 정원관리사가 되고 싶다고 말한 적이 있었다. 여행가가 되고 싶다고 했던 적도 있었고, 동물원의 사장이 되고 싶다고도 했다. 나는 어떤 것이 M의 꿈인지 모른다. 셋 모두 아닐 수도 있을 것이다.

M이 버스 유리창을 활짝 열었다. 바람이 M을 지나 내게로 왔다. M은 창밖으로 고개를 반쯤 내밀었다. 우리는 아무 말도 하지 않았다. M의 옆모습을 보는 순간, 어쩌면 M과 이렇게 버스를 타고 가는 것도 마지막일지 모르겠다는 생각이 들었다. 버스를 타고, 멍하니 앉아 있다가, 짧은 순간 얘기를 했지만 그사이 M과 나는 어딘가를 지나온 것 같았다. 어떤 갈림길을 지나온 것 같았다. 그는 왼쪽 길을, 나는 오른쪽 길을 선택했고, 발목에

묶여 있던 끈이 우리도 모르는 사이 스르르 풀어져버린 것 같은, 그런 기분이 들었다. 나는 고개를 돌려 버스 뒤 창문을 내다보았다. 팽팽하게 당겨진 전깃줄이 우리가 온 곳을 알려주고 있었다. 정확히 이름붙일 수 없는, 언제부터 언제까지라고도 말할 수 없는, 내 삶의 어떤 한 시절이 지나가는 중이라고, 나는 생각했다.

『악기들의 도서관』, 문학동네, 2008

# 해설

Afterword

# 유리방패의 빛과 어둠

이경재 (문학평론가)

김중혁 소설은 현실과의 구체적인 관련성 속에서 쓰인 것이었다기보다는 상상공간 속에서 순수한 감각이나 실재의 세계를 탐구하는 방식으로 전개되어왔다. 관습의 쇠창살을 벗어나는 방법으로 단독성의 세계를 탐구해왔던 것이다. 청년실업이라는 현실의 어두운 측면을 배경으로 깔고 있는 「유리방패」는 그러한 단독성의 세계가 잔인하기까지 한 한국적인 현실과 만났을 때 얼마만큼의 의의를 가질 수 있는지에 대하여 탐구한 새로운 경향의 작품이다.

「유리방패」에서의 주요인물도 상상계적인 모습에서 완전히 벗어난 것은 아니다. "우리는 지하철 의자에 앉

# The Glass Shield, Its Light and Darkness

**Lee Kyung-jae** (literary critic)

Kim Jung-hyuk's fiction has characteristically dealt with pure sensibilities, the world of essence and "the Imaginary" rather than the concrete. In other words, Kim explores the world of "individuality" in order to escape from the prison of conventionality. Set against the grim backdrop of youth unemployment, "The Glass Shield" presents Kim's new direction of individuality clashing with contemporary Korea's social reality.

The main character of "The Glass Shield" is not entirely different from Kim Jung-hyuk's other typical characters in the Imaginary world. The "we" that includes "M" and the narrator are the basic subject

아서 헝클어진 실타래를 풀었다"로 시작되는 이 작품의 기본적인 주어는 '나'와 'M'을 포함하는 '우리'이다. 모든 생활을 함께 하는 둘의 관계는 자아와 거울상(specular image) 간의 이자관계(dual relation)라 부를 만하다. 나(a)에게 M(á)은 상상적 타인이며, M(a)에게 나(á) 역시 상상적 타인이다. 면접장에도 반드시 함께 들어가야 하는 둘은 "분리될 수 없는 사이"이며, "동전의 앞면과 뒷면이거나 한 사람의 앞모습과 뒷모습"이다. 특히 두 사람의 대화는 둘의 사이를 가장 선명하게 보여주는데, 그것은 대화라기보다는 하나의 독백이다.

운동회 때 이인삼각 달리기를 하는 것과 같은 두 사람은 매번 면접 때마다 콤비가 되어 만담, 마술쇼, 행상모습 재연과 같은 각종 이벤트를 벌인다. 컴퓨터게임 회사에서의 면접에서 실타래를 푸는 이벤트를 펼치다 실타래가 엉켜 진땀만 뺐던 그들은, 돌아오는 지하철에서 그 색실을 펼쳐놓았다가 순식간에 "거리의 예술가들"이 되어 버린다. 취업을 위한 발악과도 같은 이벤트 연출을 그들은 "저희가 가장 좋아하는 건 면접장에서 노는 겁니다"에서처럼, 하나의 유희로 만들어내는 능력을 보여준다. 청년실업이라는 결코 가볍지도 밝을 수도

of this story that begins: "We sat in the subway unraveling tangled balls of yarn." The relationship between M and the narrator who live and do everything together might be called a "dual relation" between self and "specular image." To the narrator (a), M (á) is the imaginary other, and to M (a), the narrator (á) is also the imaginary other. The narrator and M are "inseparable" like "two sides of a coin, the front and back of a single person" even taking company interviews together. Their dialogue, in particular, illustrates this point clearly, reading more like a monologue than a dialogue.

Like a couple in a three-legged race, the two main characters make various off-putting presentations in place of regular job interviews—a slapstick routine, a magic show, and a parody of peddlers selling their goods on the subway. One day, however, on their way back from a failed interview which they spend the entirety of their allotted time trying in vain to unravel tangled balls of yarn, they perform their task again on a subway and are subsequently recognized as "street artists." Later, they transform their last-ditch effort for employment into a play: "We loved the fun of performing in the job interview space." The social issue of youth un-

없는 사회적 이슈가 하나의 유희이자 예술로 재맥락화되고 있는 것이다. 그것은 이들이 이 비루한 현실을 극복해낼 수 있는 현실적 힘이 된다. 그들은 이러한 상상적 전유를 통하여 현실의 패배자가 아닌 승리자가 되는 영광의 순간을 잠시나마 맞이하는 것이다.

그러나 곧 이들의 예술은 고작 상상계에서의 장난 정도에 머물고 마는데, 그것은 '거리의 예술가'로서 인터넷 뉴스와의 인터뷰에서 실연(實演)된다. 지하철에서 있은 예술전문기자와의 인터뷰에서 그들은 전날 라면 대신 구입한 플라스틱 칼과 방패를 들고 칼싸움을 한다. 유치해서 못 봐주겠다는 듯한 기자의 표정 따위에 아랑곳하지 않고, 그들은 양복을 입고 "상대방을 정말 죽이기라도 할 것처럼 온 힘을 다해 칼싸움"을 하는 것이다. 유명인사가 된 그들은 광고회사의 신입사원 면접관이 되지만, 그들의 행동은 폭죽을 터뜨리게 하거나, 응원가를 부르게 하거나, 자신들을 웃길 것을 주문하는 것과 같이 이전의 행동에서 달라지지 않는다.

이들의 놀이가 그 자체로 현실에 대한 대응논리가 되기에는 작품 속 현실의 중압이 너무나 강한 것이다. 그들의 상상 속 유희는 "뭐가 될까? 우리가 잘하는 게 있

employment, a subject neither trivial nor cheerful, is recontextualized as a performance and as art. This transformation becomes something real and powerful that enables them to overcome their destitute unemployment situation. Through this imaginary appropriation, they taste the momentary thrill of being winners rather than losers in reality.

But their art remains a play in the Imaginary, a good example of this being their performance for their first interview as "street artists." During this interview with a professional art reporter on the subway, they have a sword fight with a plastic sword and a glass shield they bought in place of food the previous day. Without bothering about the reporter, apparently bored by the childishness of their performance, they continued to enact their imaginary fight "with the intent of killing the other," in full formal attire. After becoming celebrities overnight, they "go on the board of interviewers for an advertising company," but their actions do not change. They let firecrackers off in the middle of an interview, challenge applicants to make them laugh, or have them compose cheerleader songs.

The pressure of reality, though, is too strong to allow their performance to serve as a completely

긴 있나?"와 같은 스스로의 질문만으로도 무너질 만큼 허약하며, 서른 번이 넘게 입사시험에서 떨어지기만 한 27세의 젊은이들이 숙취에 절어 짬뽕 국물로 간신히 속을 달래며 누워 있는 방은 "침몰하는 배"이기 때문이다. 더욱 중요한 것은 그들이 전문면접관이 되어서도 '면접받는 자'에서 '면접 하는 자'라는 위치만 바뀌었을 뿐이지, 자본의 논리에 바탕한 면접장이라는 시스템 자체에는 아무런 충격을 주지 못하고 있다는 사실이다. 그렇기에 그들은 실패에 중독된 입장에서 실패중독자들을 위로해주는 입장이 되었다고, 즉 "누군가의 방패"가 되었다고 기뻐하지만, 곧이어 그 방패가 단지 "떨어뜨리기만 해도 깨지는" "앞은 환하게 볼 수 있지만 적의 공격을 막을 수는 없는" "매일매일 깨끗하게 닦아줘야 하는" 플라스틱이나 유리로 만들어진 방패임을 깨닫게 된다. 면접장에서 혹은 지하철에서 펼쳐왔던 그 많은 예술들은 하나의 '유리방패'에 불과했던 것이다.

따라서 이들의 유희가, 횟수를 거듭할수록 면접장 안에서 이루어지는 하나의 소모적 노동으로 변모해 피곤과 무료함만을 가져다주는 것은 당연하다. 이제 그들은 더 이상 상상계에서의 놀이만으로는 해결할 수 없는 극

ameliorative response. Their imaginary play is powerless in the face of their own self-critiques: "What'll we get? Is there anything we do well?" The room where this pair of twenty-seven-year old men, who have failed more than thirty times in their attempt to get a job, lie down in after soothing their drunken stomachs with *jjamppong* soup is a "sinking ship." Moreover, even after they become professional interviewers, they have zero impact on the interview scene, a system based almost entirely on capitalist logic. "Fail-aholics" for so long, they are happy to give encouragement to other fail-aholics and "to become someone's shield," but they soon realize the fragility of this shield. It is a mere glass shield, unable to really defend you from your enemy's attack, although it may allow you to see in front of you. All the artistic performances they have done during interviews and on the subway are nothing but glass shields. Thus, it is only natural for M and the narrator that the repetition of their plays eventually turns into an exhausting form of labor. They arrive at the extreme point where their imaginary play cannot solve any of their problems. This point is exemplified when the narrator sighs, apropos of a particularly wearying performance, "...this

점에 다다른 것이다. M과 이렇게 버스를 타고 가는 것도 마지막일지 모른다는 생각"이 들고, "발목에 묶여 있던 끈이 우리도 모르는 사이 스르르 풀어져버린 것 같은, 그런 기분"을 느끼는 것도 이들이 한계에 도달했음을 깨달았기 때문이다. 「유리방패」의 마지막 문장은 "정확히 이름붙일 수 없는, 언제부터 언제까지라고도 말할 수 없는, 내 삶의 어떤 한 시절이 지나가는 중이라고, 나는 생각했다"로 끝나고 있다. '우리는'으로 시작했던 소설이, '나는 생각했다'로 끝나고 있는 것이다.

이때의 '나'를 새로운 단독자의 출현으로 볼 수는 없을까? 지난 시절 한국문학에는 민족, 계급, 혹은 대중이라는 여러 가지 '우리'들이 존재했다. 그것이 가진 의의와 폐해에 대해서는 수많은 논의들이 있었고 지금도 이루어지고 있다. 어떤 의미에서 지난 10여 년간의 한국문학은 그러한 '우리'에 대항하여 '나'를 만들어가는 과정이었는지도 모른다. 그런데 이때의 '나'란 상징계와의 악연의 끈을 놓았을지는 몰라도 상상계 속의 거울 이미지에 만족하는 나르시즘에 빠져 있었던 것은 아니었을까? 진정한 의미의 단독자라면 상상계적 타인과도 결별한 '나'여야 한다. 현실을 초월 내지 도피한 '나'일 때의

might be our last time in a bus together." This is also why the narrator suddenly feels "as if the ties that had bound our ankles together had been loosened without us even being aware of it." Thus, the last sentence of this story is "I couldn't put a name on it, I couldn't put a date on it precisely, but I felt that a phase of my life was ending." The story begins with a "we" but ends with an "I."

Could we perhaps look at this "I" as signifying the appearance of the individual? There have existed so many we's, the "people," "class," and the "masses" in Korean literature. The Korean literary scene has had a number of discussions about the significances and problems of these many we's. In some sense, Korean literature in the past decade has been a process to construct these I's against those we's. Yet, is it possible this "I" has indulged in a narcissism addicted to its mirror image in the Imaginary, even as it cuts its ties with the Symbolic? A true "individual" must sever itself from the Imaginary other. An individual is clearly limited if he transcends or escapes reality. I hope that the "I" at the end of "The Glass Shield" is not the "I" among the numerous "we's" in the Symbolic general circuit, a true "I" individual. I believe this expectation is a

한계 역시 분명하기 때문이다. 「유리방패」의 마지막에 등장하는 '나는 생각했다'의 '나'는 일반성의 회로에서 작동하는 상징계의 수많은 '우리' 속의 '나'가 아닌 진정한 단독자로서의 '나'이기를 기대해본다. 오랫동안 '단독성의 박물관'의 관장이었던 김중혁이라면 기대해도 좋을 것이다.

reasonable one for Kim Jung-hyuk, a long time director of the "museum of individuality."

# 비평의 목소리

Critical Acclaim

한 인간이 표준화된 등가교환의 잣대가 아니라 자신의 기억과 상상력과 몸의 감각에 따라 사물을 다시 호명하고 사랑하고 의미 부여할 때 사물들은 해방된다. 그러나 그 역도 마찬가지일 것이다. 해방된 사물들과의 대화만이 인간 또한 충만하게 한다. 해방된 사물들과의 접촉은 인간에게 감각의 충만함을, 상상력의 극대화를, 그리고 매일매일의 경험에 생기와 의미를 부여한다. 그런 의미에서 사물들의 해방은 인간의 해방과 동시에 이루어진다. 벤야민의 서재는 해방된 사물들에게만이 아니라 인간에게도 이상향일 것이라고 했던 서두의 말은 이런 의미이다. 동일한 이유로 김중혁의 소설세계는 사

Objects become liberated when human beings interpellate, love, and signify them according to their memories, imagination, and physical perceptions rather than through standardized rules of equal exchanges, and vice versa. Only dialogues with liberated objects can complete human beings. Contacts with liberated objects endow human beings with the fullest sensations and maximize imagination to fill everyday lives with vitality and significance. In this sense, the liberation of objects and the liberation of human beings go hand in hand. This is what was meant by the initial remark in this work that Benjamin's library is a utopia not only for

물들에게만이 아니라 인간에게도 이상향인 그런 장소
가 어디여야 할 것인가를 우리로 하여금 사유하도록 강
제한다.

김형중

　여성―애인의 축이 제거된 서사는 오로지 남성―친
구의 축만을 중심으로 전개된다. 이성과 동성이 중첩된
관계의 삼각형 모델이 동성 짝패 형상에게로 집중되었
다고나 할까. 김중혁의 짝패들은 '베아트리체'가 사라진
자리를 대체하는 '프리메이슨' 단원들에 비견될 만하다.
이 '프리메이슨'들은 영원한 소년으로 살아가기를 꿈꾼
다. 그들의 이상은 '입사(initiation)'를 강요하는 회사/사회
로부터 격리된 채 어린 시절의 꿈을 좇아 '재미나게' 노
는 것이다.

　김중혁은 드디어 '비트 개인주의'로부터 '리믹스 공화
주의'라고 할 만한 곳으로 이동해간 듯하다. 그의 공화
국에서는 어느 누구도 자신의 개별성을 억압당하지 않
은 채 집단의 조화라는 그 불가능한 인류의 꿈에 자연
스럽게 동참할 수 있는 무대에 설 수 있을 것이다. 기술
복제시대의 소설이 결국 그 영토를 확보할 수 있다면

liberated objects but also for human beings. It is in the same spirit that Kim Jung-hyuk's works force us to think about where utopia should be for both objects and human beings.

Kim Hyeong-jung

The narrative devoid of the woman-lover axis evolves only around the male-friend axis. We could say perhaps, that the triangular relationship model where the other sex and the same sex overlap focuses on the same-sex pal figures. One might compare Kim Jung-hyuk's pals to the freemasons who have replaced Beatrice. These freemasons dream of living forever as boys. Their ideal is to simply "have fun" and follow their childhood dreams, isolated from the society and giant corporate conglomerates that force their "initiation." Kim Jung-hyuk seems to have finally moved from "beat individualism" to "remix republicanism." In his republic, everyone can stand on the stage where they participate in that impossible human dream of group harmony without fear of individual oppression. If the novel in the age of mechanical reproduction can secure that territory in the end, isn't this an encouraging sign for the future of the nov-

이것은 소설의 미래와 관련하여 상당히 고무적인 일이 아닐까. 목소리의 우월성이 포기되고 다만 하나의 악기가 되어 전체 음악을 창조하는 세계. 어쨌든 우리 시대 소설은 당분간 이 윤리에 복무하지 않을 수 없을 듯하다.

신수정

김중혁의 소설은 전적으로 미디어에 의해 쓰여진다. 거기에는 TV, 라디오 등의 매스미디어는 물론 자전거, 연필, 타자기 등 우리의 몸과 생각을 연장시켰던 도구를 비롯해 한때는 신발명품이었겠지만 이제는 버려진 쓰레기에 이르기까지 모든 미디어들이 등장한다. 김중혁 소설의 주인공들은 태생적으로 미디어 러다이트(luddite)가 아니라 미디어 마니아이다. 그들이 미디어의 시그널(내용)이 아니라 노이즈를 즐기는 것은 틀림없지만, 정작 그 노이즈는 미디어 안에서만 존재할 수 있기 때문이다.

이수형

el? A world where voice loses its superiority and becomes just one instrument among many to contribute to the creation of a whole. The novel in our age seems to have to serve this moral goal for the time being.

Sin Su-jeong

Kim Jung-hyuk's novels and short stories are written entirely through media. Types of media, from mass media like the TV and radio, to bicycles, pencils, and typewriters, once new inventions and now trash, appear in Kim's works. The main characters in Kim Jung-hyuk's works are born as media savants rather than media luddites. Although it is true that they enjoy not the signals (contents), but the noise of the media, still those noises exist only in media form.

Lee Su-hyeong

# 김중혁

김중혁은 1971년 경상북도 김천에서 태어나, 계명대
학교 국문학과를 졸업했다. 소설가 김연수, 시인 문태
준과는 고향 친구로 매우 돈독한 사이이다. 김연수와는
『대책 없이 해피엔딩』(씨네21북스, 2010)이라는 산문집을
함께 쓰기도 하였다. 웹디자이너 일도 했고, 음식잡지,
여행잡지에서 3년여 기자 생활을 하다, 2000년《문학과
사회》에 중편소설「펭귄뉴스」를 발표하며 등단하였다.
그리고 누구보다 왕성하게 활동하는 2000년대 대표 작
가 중 한 명이 되었다. 김중혁은 참신한 상상력과 독특
한 소재가 돋보이는 소설로, 한국문학 특유의 엄숙함에
서 벗어나 자신만의 세계를 만들고 있다. 그의 소설은
주로 어떠한 일반성의 회로에도 포섭될 수 없는 단독성
의 세계를 그리고는 한다. 김중혁이 찾는 것은 결코 일
반성 속의 개체가 아니라 죽은 자식과 같이, 그 어떤 것
으로도 대체될 수 없는 고유한 존재이다. '문단의 호모
루덴스' '멀티플레이어' '인간 호기심 천국'이라는 별명을
들을 정도로, 김중혁은 다방면에 걸쳐 다양한 재능을

# Kim Jung-hyuk

Kim Jung-hyuk was born in Gimcheon, Gyeong-sangbuk-do in 1971 and graduated from the Department of Korean Literature at Keimyung University. Hometown friend of novelist Kim Yeon-su and poet Mun Tae-jun since their childhood, Kim co-wrote an essay collection, entitled *Happy Ending, Hopelessly*, with Kim Yeon-su. He worked for several years as a web designer and as a reporter for travel and food magazines. He made his literary debut in 2000, when his novella *Penguin News* was published in the quarterly magazine *Literature and Society*, and has enjoyed a very active writing career since. Kim has been critically lauded for his unique fictional world built outside of the typically solemn Korean literary scene for his works featuring original imaginative sensibilities and unique materials. His works tend to depict worlds of individuality that resist absorption into any circuit of generality. Kim does not pursue an individual within generality, but unique beings that cannot be replaced like one's dead child. Nicknamed "Homo

보여주고 있다. 여러 매체에 칼럼과 일러스트를 연재하기도 했으며, 인터넷 방송을 진행하기도 하였다. 최근에는 음악 에세이집을 낼 정도로 음악에도 전문적인 식견을 보여주고 있다. 단편소설집으로『펭귄뉴스』(2006), 『악기들의 도서관』(2008), 『1F/B1 일층, 지하 일층』(2012) 등이 있고, 장편소설『좀비들』(2010), 『미스터 모노레일』(2011), 그리고 산문집『대책 없이 해피엔딩』(2010, 공저), 『모든 게 노래』(2013), 『뭐라도 되겠지』(2011) 등이 있다. 단편소설「엇박자 D」로 2008년 제2회 김유정문학상을 수상했고, 그 외에도 2010년 제1회 문학동네 젊은 작가상 대상, 2011년 제19회 오늘의 젊은 예술가상(문학 부문)을 수상했다. 2012년에는「요요」로 이효석문학상을 수상하기도 하였다.

Ludens in the Literary World," "Multiplayer," and "Human Curiosity Paradise," Kim Jung-hyuk boasts his multiple talents in various areas of cultural activity. He has contributed columns and illustrations in various media and produced and moderated Internet broadcasting programs. He also demonstrated his expertise in music in a recently published book of essays. His published works include: short story collections, *Penguin News*, *Library of Instruments*, and *1F/B1*; novels, *Zombies* and *Mr. Monorail*; and essay collections, *Happy Ending, Hopelessly* (co-author), *All are Songs*, and *Whatever Will Be Will Be*. He won the 2008 Kim Yu-jeong Literary Award for "Offbeat D," the 2010 inaugural *Munhakdongnae* Young Writer's Award, the 2011 Today's Young Artist Award (literature category), and the 2012 Yi Hyo-seok Literary Award for "YoYo."

번역 **케빈 오록** Translated by Kevin O'Rourke

아일랜드 태생이며 1964년 가톨릭 사제로 한국에 왔다. 연세대학교에서 한국 문학 박사 학위를 받았으며, 한국의 소설과 시를 영어권에 소개하는 데 중점적인 역할을 해왔다.

Kevin O'Rourke is an Irish Catholic priest (Columban Fathers). He has lived in Korea since 1964, holds a Ph.D. in Korean literature from Yonsei University and has been at the forefront of the movement to introduce Korean literature, poetry and fiction, to the English speaking world.


감수 **전승희, 데이비드 윌리엄 홍**
Edited by Jeon Seung-hee and David William Hong

전승희는 서울대학교와 하버드대학교에서 영문학과 비교문학으로 박사 학위를 받았으며, 현재 하버드대학교 한국학 연구소의 연구원으로 재직하며 아시아 문예 계간지 《ASIA》 편집위원으로 활동 중이다. 현대 한국문학 및 세계문학을 다룬 논문을 다수 발표했으며, 바흐친의 『장편소설과 민중언어』, 제인 오스틴의 『오만과 편견』 등을 공역했다. 1988년 한국여성연구소의 창립과 《여성과 사회》의 창간에 참여했고, 2002년부터 보스턴 지역 피학대 여성을 위한 단체인 '트랜지션하우스' 운영에 참여해 왔다. 2006년 하버드대학교 한국학 연구소에서 '한국 현대사와 기억'을 주제로 한 워크숍을 주관했다.

Jeon Seung-hee is a member of the Editorial Board of *ASIA*, and a Fellow at the Korea Institute, Harvard University. She received a Ph.D. in English Literature from Seoul National University and a Ph.D. in Comparative Literature from Harvard University. She has presented and published numerous papers on modern Korean and world literature. She is also a co-translator of Mikhail Bakhtin's *Novel and the People's Culture* and Jane Austen's *Pride and Prejudice*. She is a founding member of the Korean Women's Studies Institute and of the biannual Women's Studies' journal *Women and Society* (1988), and she has been working at 'Transition House,' the first and oldest shelter for battered women in New England. She organized a workshop entitled "The Politics of Memory in Modern Korea" at the Korea Institute, Harvard University, in 2006. She also served as an advising committee member for the Asia-Africa Literature Festival in 2007 and for the POSCO Asian Literature Forum in 2008.

데이비드 윌리엄 홍은 미국 일리노이주 시카고에서 태어났다. 일리노이대학교에서 영문학을, 뉴욕대학교에서 영어교육을 공부했다. 지난 2년간 서울에 거주하면서 처음으로 한국인과 아시아계 미국인 문학에 깊이 몰두할 기회를 가졌다. 현재 뉴욕에서 거주하며 강의와 저술 활동을 한다.

David William Hong was born in 1986 in Chicago, Illinois. He studied English Literature at the University of Illinois and English Education at New York University. For the past two years, he lived in Seoul, South Korea, where he was able to immerse himself in Korean and Asian-American literature for the first time. Currently, he lives in New York City, teaching and writing.

바이링궐 에디션 한국 대표 소설 059

유리방패

2014년 3월 14일 초판 1쇄 발행
2021년 3월 14일 초판 2쇄 발행

지은이 김중혁 | 옮긴이 케빈 오록 | 펴낸이 김재범
감수 전승희, 데이비드 윌리엄 홍 | 기획 정은경, 전성태, 이경재
편집 정수인, 이은혜 | 관리 박신영 | 디자인 이춘희
펴낸곳 (주)아시아 | 출판등록 2006년 1월 27일 제406-2006-000004호
주소 경기도 파주시 회동길 445
전화 031.955.7958 | 팩스 031.955.7956 | 홈페이지 www.bookasia.org
ISBN 979-11-5662-002-0 (set) | 979-11-5662-016-7 (04810)
값은 뒤표지에 있습니다.


Bi-lingual Edition Modern Korean Literature 059

The Glass Shield

Written by Kim Jung-hyuk | Translated by Kevin O'Rourke
Published by Asia Publishers
Homepage Address www.bookasia.org | Tel. (8231).955.7958 | Fax. (8231).955.7956
First published in Korea by Asia Publishers 2014
ISBN 979-11-5662-002-0 (set) | 979-11-5662-016-7 (04810)

## 바이링궐 에디션 한국 대표 소설

한국문학의 가장 중요하고 첨예한 문제의식을 가진 작가들의 대표작을 주제별로 선정!
하버드 한국학 연구원 및 세계 각국의 한국문학 전문 번역진이 참여한 번역 시리즈!
미국 하버드대학교와 컬럼비아대학교 동아시아학과, 캐나다 브리티시컬럼비아대학교 아시아
학과 등 해외 대학에서 교재로 채택!

## 바이링궐 에디션 한국 대표 소설 set 1

## 바이링궐 에디션 한국 대표 소설 set 2

최근에 발표된 단편소설 중 가장 우수하고 흥미로운 작품을 엄선하여 출간하는 〈K-픽션〉은 한국문학의 생생한 현장을 국내외 독자들과 실시간으로 공유하고자 기획되었습니다. 원작의 재미와 품격을 최대한 살린 〈K-픽션〉 시리즈는 매 계절마다 새로운 작품을 선보입니다.